我的聲優王子 01

~Love恋~

向小葵
大三學生，身高158公分，外貌清新可愛。因萌上「陛下」的聲音，一頭栽進網路配音的世界，聲優名「花小葵」，暱稱「花魁」，擅長少女音，是廣播劇圈子裡的新起之秀。

厲清北

厲家三少爺，身高181公分，擁有腹肌和胸肌的美男子。剛從國外回來便遇到向小葵，對她由一開始的彌補心理慢慢進展到喜歡，甚至相當寵溺。是個事業有成、家世優越的絕世好男人。

程　綠　大三學生，向小葵的室友兼同學兼姐妹淘，擔任廣播劇社的策劃人員，相當有主見，也很毒舌。從少女時代就暗戀著謝慕堯，可惜告白被拒。對感情很執著，敢愛敢恨。

謝慕堯　曾經是電視臺主播，目前是T大客座教授，厲清北的好友。個性溫潤如玉，斯文溫柔型的男人，但對愛情有些優柔寡斷，當年拒絕程綠的告白後很懊悔，想與程綠在一起，卻不斷被冷眼看待。

溫不語　網路配音大神，擅長各種霸氣側漏的音域，作品雖不多，卻坐擁無數粉絲。旅居國外，為人低調。

謝微塵　網路配音大神，擅長公子音，現代劇、古風劇樣樣行，脾氣出了名的好，粉絲無數。目前是半隱退狀態。

第一章

早上六點，手機鬧鐘準時響了起來。

被向小葵用來做鬧鐘鈴聲的，不是什麼魔音穿耳的打擊樂或死亡搖滾，反而是一段唸白。

配合著舒緩的充滿古風情調的背景音樂，男聲淳厚低沉，清遠悠長，極富磁性。偶爾尾音上揚，帶著一絲撩撥，性感婉轉得讓人心都酥了。

室友聽到這個聲音睡意更濃了，反而向小葵會瞬間從睡夢中清醒過來。

嘴角掛著那種熱戀中的人才會出現的甜蜜又天真的笑容，每天能在陛下誘人又魅惑的聲音中醒來簡直太幸福了！就好像陛下親自叫自己起床一樣！

大清早的她究竟在想些什麼呀～ o(*///▽///*)q

向小葵摸索到床頭的手機，按掉鬧鐘後，如往常一樣第一件事就是打開社群網站。她先回覆了粉絲給自己的留言，然後發了今早的第一條訊息。

不開森的花小葵：今天晚上有自習課，恐怕要錯過陛下的訪談了，不開心。QAQ

發完，向小葵便美滋滋的洗臉刷牙去了。回來後打開手機，雖然才剛六點多，卻已經有粉絲來留言了。

1L：一大早花魁又在對陛下告白了呢～

2L：愛的宣言什麼的真是太有愛了！

3L：花魁每天都會在網上和陛下聊天，可是陛下從沒回覆過，要是我早就氣餒了……花魁好有毅力！加油！

向小葵笑了，其實發訊息什麼的本來就沒奢望陛下一定會回覆自己，畢竟他很少上社群網站呢。而且向小葵入圈的時候陛下也已經隱退了，可能對方連自己是誰都不知道。

有點記不清是從什麼時候起，她幾乎每天都要發一條有關他的訊息，雖然只是單方面的聊天，但仍不會阻止那種「有開心的事或者哪怕只是雞毛蒜皮的小事，也要和喜歡的人分享」的心情。

向小葵剛要放下手機，就接到一條新評論的提示。

4L：只是剛有點名氣的新人而已，就這麼急著抱大神大腿?每天都要在社群網站上犯花痴，最討厭這種心機女了！

大神的粉絲有很多，有的粉絲會不喜歡自己也很正常。類似這種留言向小葵每天都會收到，一開始還會解釋，也覺得失落，但時間久了就一笑置之了。

反正無論怎麼樣，都不會阻擋她對大神的崇拜就是了！

向小葵的室友程綠也是聲優圈的一分子，前一天程綠吃燒烤吃壞肚子，所以很幸運（？）的患了腸胃炎，今天可以請假在寢室休息。\(≧▽≦)/

晚上語音聊天室有大神出席的歌友會，向小葵因為有課而不能參加，於是她拜託程綠幫自己錄音。臨上課前她還千叮嚀萬囑咐了N遍，最後程綠忍無可忍，拖著拉肚子拉到虛脫的身體毫不留情的將她丟出寢室。

向小葵淚目心道：還有沒有點室友愛啊！ToT

好不容易熬到晚上七點，向小葵怕程綠睡過頭，還偷偷的發封簡訊提醒她幫自己錄歌友會。一想到大神此刻在麥上發出迷人到爆的聲音而自己卻聽不到，整個人都鬱悶了。

向小葵第一次聽到溫不語的聲音，是在三年前。那時候她正值學測的緊張時期，因為壓力太大而整夜失眠。學校的心理輔導老師建議她可以做一些感興趣的事情調和一下，於是向小葵就上網搜羅了幾本小說來看。

當時她陰錯陽差的點進了一本紅極一時的古代小說的廣播劇，還來不及關掉網頁，就聽到了溫不語的聲音——

「就算朕將這整個江山全部給你又何妨？你為何一直不明白，朕想要的，不過是你卿言歌一人！」

那個聲音悲慟又哀傷至極，處處透露著至死不悔的深情與執拗，好像一道驚雷瞬間劈中了向小葵的心房。動作好像不再聽從自己的使喚，本應該去關掉網頁的手反而將滑鼠移到螢幕右下角，增大了音量。她用一整夜的時間將這部廣播劇聽完，伴隨著那道時而蒼涼、時而溫柔的男聲，漸漸的進入了夢鄉……

第二天醒來後，向小葵在網上查到了為這部廣播劇男主角配音的人，知道他的名字叫「溫不語」，知道了還有一種職業叫做「聲優」——用聲音來表演的人。

溫不語正是因為配了這部劇而名聲大噪，粉絲親切的稱呼他為「陛下」也由此而來。後來他配的角色大多都是指點江山的人物，不是因為溫不語的聲音具有侷限性，而是這個人無論是聲線還是情感表達都太強大了。他的聲音中總是帶著一種無形的震懾力和壓迫感，叫他去配侍衛或者太監那種小人物，反而會顯得很滑稽，自身的氣場甚至會模糊掉真正的男主角在聽眾心中的感受。

他的作品不算多，但部部可稱之為經典，如今聲優圈裡很多現役大神也都將他當作偶像，或者是受了他的啟蒙才入圈。比如向小葵。

只不過，溫不語的配音生涯很短暫，為人也很低調，社群網站恐怕是粉絲們能知道他動向的唯一途徑，可惜他又常年不更新。

向小葵曾聽人說起一見鍾情的感覺，就是看了某人一眼後，剎那間心裡就生出一種「啊！就是你了」的感覺。當她第一次聽到溫不語的聲音，就是這種感覺，心神被撩動，好像自己一直等待的就是這個聲音。

隨著後來進入這個圈子，越來越了解聲優，向小葵才知道，原來在這個世界上還有很多和自己相同的人，而且還有一個名詞形容的就是這類人──「聲控」。

下課鈴聲一響，向小葵跑出教室，幾乎可以用健步如飛來形容。

程綠一聽走廊裡那撕心裂肺的腳步聲便知道是誰回來了，當房門被大力推開的同時，被腸胃炎折磨一天的程綠無力的指了指自己的電腦，說：「錄好了，快去跟妳的大神Say Hello吧。」

向小葵開心的撲到程綠身上，鋪天蓋地的抱住她一陣亂吻，「小蘋果妳簡直是我的再生父母，如果我是男的，立刻下聘五百萬將貌美如花、溫柔可人的妳娶回家！」

迅速且激烈的進行了一番感激之後，向小葵隨即坐到電腦桌前，姿態端正，搞得好像要接見某國元首一樣緊張認真。

沒有向小葵壓迫，程綠終於能順暢的呼吸了。她拉過被子蒙在頭上，並且對向小葵的舉動進行了精確的注解：「腦殘粉！」

歌友會的開頭照常是主持人和主角的互動，這一次是為了慶祝圈中某個聲優生日而舉辦的。雖然對方也是大神級的人物，可是向小葵對他絲毫不感興趣。

終於到了溫不語出現的片段，主持人顯然也很激動：「陛下真的來了呢！不離跟我說請到您讓我準備提問，我都不敢相信這是真的！陛下，今天頻道都要被粉絲擠爆了，也有您的功勞哦。所以，先跟我們的粉絲問個好吧。」

主持人話音一落，緊跟著是一陣漫長的沉默。

在等待的過程中，向小葵幾乎要窒息了，大氣不敢喘，生怕自己的呼吸會掩蓋了大神的聲音。

「大家好。」

一道男聲突兀的出現，沉沉的如同醇郁的酒釀。他頓了一頓，舒緩簡潔的開口：「我是溫不語。」

溫不語，溫不語。他的人和名字一樣，少言寡語，但每次聽到他的聲音都會讓人覺得很溫暖。

聽訪談的過程中，向小葵的周圍彷彿冒出了好多粉紅泡泡。

在遇到他之前，向小葵從不知道，一個人的聲音也可以讓自己如此心動。

深夜，程緣起床跑廁所，回來時發現向小葵非但沒有睡覺，反而坐在自己的床上發呆。

聽完她最愛的大神的訪談，不是應該甜甜蜜蜜的和大神在夢中相會嗎？

「都十二點了，妳怎麼還不睡？」因為寢室裡還有其他同學，程綠壓低聲音問道。

向小葵抬起頭，看了程綠一會兒，語氣幽幽的說：「程綠，如果被妳喜歡的人討厭，妳會不會覺得很傷心？」

程綠蹙眉，覺得她今晚很不對勁，「怎麼了嗎？」

向小葵欲言又止，但片刻後搖了搖頭，「沒事啦！妳快去休息吧，我也要睡了。」

這丫頭絕對有事！程綠知道沒這麼簡單，但這大半夜的顯然不是促膝長談的好時機，更何況她都要被腸胃炎這磨人的小妖精折騰死，所以只好乖乖上床去了。

室友們都睡了，向小葵卻失眠了，耳邊迴盪著剛才的訪談。

主持人問了很多問題，溫不語的回答都很簡練，後來不知道為什麼，主持人莫名其妙提起了向小葵：「不知道陛下有沒有聽說過一個聲優，叫花小葵？」

向小葵很吃驚主持人會提到自己，畢竟自己無論是和過生日的主角大神抑或是這位主持人都不是很熟。不過，對方這麼問了，向小葵也很好奇大神的答案。

「聽說過。」溫不語的答案依舊很精短，他向來不是話多的男人。

對向小葵來說，只是「聽說過」就足以讓她開心得想要尖叫了！

原來大神也聽說過自己呢！神隱這麼久的大神，原來也認識自己！

向小葵簡直不知道該用什麼詞彙來形容自己的心情，就像是……就像是心裡面有什麼膨脹起來，被脹得滿滿的，快要溢出來了。

緊跟著主持人又問：「那陛下聽過她的作品嗎？有何評價？」

夜深人靜，向小葵甚至能聽到自己心臟紊亂跳動的聲音。

溫不語聲線依舊很低，磁感很強，語速緩慢：「沒什麼感覺。」

向小葵一僵，不過很快又打起精神。大神聽說過她就很滿足了，而且她還是新人，在配音方面的確還有很多需要改善的空間，她樂觀的將大神的評語當成一種激勵。

主持人笑了一聲，「陛下既然聽說過花小葵，應該也知道她每天都發訊息和大神聊天吧？整個圈子的聲優包括粉絲，幾乎沒有人不知道她最喜歡的人是陛下您了。陛下很難得接受訪問，不如趁這個機會，對如此喜愛您的同行也說幾句話吧！」

溫不語仍舊沒有立刻回答主持人的問題，靜謐之中傳來紙張翻動的聲音，向小葵看到溫不語帳號前的綠燈是亮起的，確定是他那邊發出的聲音。難道接受訪問的時候，他還在忙其他事情？工作上的事嗎？

那細微的聲音停止了，傳來的是溫不語有條不紊的聲音。

「有些人自以為很光明正大的喜歡，可能也會給當事人帶來困擾。」

★　★※★※★※★　★

她的喜歡，給他造成了困擾。

他應該……是這個意思吧？

向小葵後知後覺的意識到溫不語話中的含意，面對著電腦的小臉漲得通紅，因為覺得很羞愧。

其實她對溫不語的喜歡——更準確的說法是崇拜——就像粉絲崇拜偶像的那種感覺。每天發發訊息，或者聽著他從前配過的廣播劇進入夢鄉，都已成了一種習慣，她從未考慮過這種習慣是否能被他接受。

被溫不語當著這麼多人的面公然拒絕，甚至被告知她的舉動讓他覺得厭煩，向小葵不得不承認自己很失落，也很難過。

但更多的，還是抱歉。

溫不語說得對，無論是喜歡還是崇拜，都不該造成對方生活上的負擔，而且這種結果也不是她所希望的。

向小葵猶豫了很久，還是鼓足勇氣打開了社群網站。

意料之中的，她的社群網站幾乎要被擠爆了。上百條標記和上千條留言，這種盛況估計只有事關大神的時候才會出現吧！

向小葵最後的訊息，還停留在早上那帖因為不能聽到大神專訪而遺憾的感慨，此時赫然在目倒成了極大的諷刺，也成為黑粉們的靶子——

433L：看吧，大神都公開表態了，說不喜歡妳，請妳以後不要再打擾大神了！

434L：大神都隱退了，還要被心機女拉出來躺槍，真是夠了……

435L：這下打臉了吧，哈哈，陛下威武！

849L：樓上的黑粉都夠了吧！你們就保證你們從未發過關於偶像的訊息？社群網站本來就是表達心情的地方，還不能說話了是怎的？

850L：花魁抱抱～大神應該是還不太了解妳才說那樣的話，不要傷心，妳還有我們=3=

社群網站上的留言大多都是幸災樂禍、冷嘲熱諷，但也不乏粉絲對自己的安慰，雖然只有極少數。向小葵以為自己對這些已經能看得很淡了，但還是止不住心情低落。

手指在鍵盤上遲遲沒有落下，這個時候好像說什麼都是錯的吧？向小葵猶豫再三，打了幾個字後又刪掉，周而復始，這還是她第一次如此謹慎的做一件事。

最後——

不懂事的花小葵：對不起，以後不會了。

她想，也許只有最真誠的道歉才能得到對方的諒解吧。

接下來幾天因為開學很忙，向小葵也沒有時間上網，因為不會再發訊息給大神，所以她也想藉機暫不登入社群網站一段時間。等她空下時間上網的時候，距離那件事已過去了四天。

向小葵剛爬上通訊軟體，劇社群組的圖示就一陣亂閃。

團子大人【宣傳】：天惹！花魁上來了！我沒看錯吧！頭牌！

花小葵【聲優】：團子大人好

團子大人【宣傳】：看到妳真好o(∩_∩)o，我還以為妳要退圈了。

花小葵【聲優】：為什麼要退圈啊？

團子大人【宣傳】：因為大神公開拒絕妳，妳又這麼久沒出現，所以我以為……

金剛蘿莉小喵喵【美工】：……團子大人妳又傷害花魁一次！

團子大人【宣傳】：呃！天辣，我做了什麼！花魁對不起嚶嚶嚶～

花小葵【聲優】：沒關係的，我也沒有要退圈，只是剛開學有點忙而已，這點小蘋果可以幫我作證！^0^

程綠就是花小葵口中的小蘋果。因為忙著選修課的事，所以帳號一直顯示隱藏，這時被向小葵點名，她只好上來跟大家打個招呼。

蘋果綠【策劃】：她沒事。這傢伙中午還吃了六個肉包子！六個！

金剛蘿莉小喵喵【美工】：腦補了一下古代青樓裡風一吹就倒的弱質女流，甩開膀子擼起袖子啃肉包子的畫面……

團子大人【宣傳】：哈哈哈哈！

花小葵【聲優】：妳們討厭ToT

金剛蘿莉小喵喵【美工】：不過，花魁妳真的沒事嗎？我們有點擔心妳。

得知自己被朋友惦記著，向小葵覺得很幸福，她也知道喵喵指的是什麼。

花小葵【聲優】：陛下只是表達自己的感受而已，而且如果他不說的話，我可能永遠都不知道自己的行為帶給他什麼樣的麻煩。所以我現在要改變戰略，默默支持陛下就好了！

團子大人【宣傳】：花魁心態真好，若我在這麼多人面前被男神拒絕，估計要自掛東南枝了！

花小葵【聲優】：0.0

和劇社的朋友又聊了幾句，向小葵便被程綠強迫下線，一起商量選修課的事。

其實向小葵在拿到選修課宣傳單的第一時間，就已經有了決定。她抽出那張《播音發聲及語言技巧》的資料，拿給程綠，「我剛才上網查了一下老師的資料，好像是很有名的主播呢，現在是咱們學校的客座教授，上他的課應該會很有收穫。」

程綠掃了一眼授課老師的名字：謝慕堯。

下面是謝慕堯的就職經歷和曾經獲得的榮譽，洋洋灑灑用了一大張紙，比其他選修課的老師的履歷，不知多出了多少倍來。

向小葵沒看出程綠的猶豫，當初兩人就說好選修課要選在一起，更何況她們都混聲優圈，播音發聲更接近兩人的興趣。所以向小葵大筆一揮，在謝慕堯那一欄的選修課上打了一個勾。

★　★※★※★※★　★

因為T大不是藝術院校，而播音發聲又是專業性很強的課程，於是向小葵很單純的以為選修這門課的同學會很少。

事實證明，她果然是太天真了！

向小葵和程綠提前二十分鐘來到大教室，萬萬沒想到前十排都已經坐滿人了。

難道整間學校的學生都開始混聲優圈了嗎？

當謝慕堯進入教室的那一刻起，嘰嘰喳喳的聲音剎那間就停止了。

老師比向小葵想像中的還要年輕，穿著學校教職員統一的深灰色西裝，沒有打領帶，嚴肅而又不失隨興的裝扮，反而為他加分不少。他的左手臂下夾著教科書，很沉穩的走到講臺前，無框鏡片後的黑眸蘊著淺笑，然後鄭重其事的向學生們鞠了一個躬。

「同學們好，我是謝慕堯，從今天起，我們會有很多機會見面。」

不愧是聲名赫赫的主播級人物，聲音清亮而且十分動聽，抑揚頓挫，單是聽聲音都是一種享受。

向小葵終於明白了為什麼會有這麼多同學選擇這門本該冷門的選修課，尤其女同學居多。不過，在聽到謝慕堯的聲音後，她也開始有點期盼以後的課程了。

從上課鈴聲響起之後，饒是向小葵這麼神經大條的也發現程綠有一點不對勁。怎麼說呢?嗯……很沉默，一直低頭寫啊寫的，就是不肯抬頭。

向小葵有點好奇，想和程綠說話又不敢。她膽子小，尤其又是第一堂課，被老師抓到恐怕就要永久的登上黑名單了。

她眼睛轉啊轉，忽然注意到第一排十分偏僻的角落，一個男生安安靜靜的坐在那裡，以他為中心點，周圍四、五個座位都是空的。

選修課大多都是比較要好的同學結伴參加的，可他似乎只是一個人。

向小葵的座位靠後，所以只能看到他的背影。但僅看坐姿仍可以看出他個子很高，穿著乾淨清爽的白襯衫，夾雜在一眾花裡胡哨的女生當中，不知怎的讓向小葵聯想到一句詩——

飄飄乎如遺世獨立，羽化而登仙。

第一堂課的內容是沉悶的概論，幸好謝慕堯講課有自己的獨特性，時而幽默，本身的外貌優勢，再加上聲音動聽，絲毫不會讓人昏昏欲睡。

四十分鐘很短暫，下課鈴聲一響，同學們不同於以往那般雀躍，反而因不滿過早結束課程而哀號聲四起。向小葵十分懷疑這些人的動機，T大的學生如果真這麼好學，早就打敗哈佛、牛津，成為世界第一名校了。

謝慕堯微笑著離開，向小葵看到之前坐在角落裡的高個子男生也悄無聲息的走出教室。

由於來上選修課的都是同一屆的同學，就算彼此不認識，但或多或少也都有些印象。不過那個男生的背影很陌生，向小葵根本想不起來自己之前是否有見過他。

難道，他不是這一屆的學生？

★　★※★※★※★　★

開學半個月，向小葵總算熬過了初期時的繁忙。

週六原本約好要和程綠她們討論接新劇的事，卻被哥哥向一凡的一通電話打亂了計畫。

「俠女，救命！」

「……說吧，又要我做什麼？」

通常向一凡這樣叫自己時，一般都是有求於她。

「我之前遞過履歷的一家超市，今天打電話要我去面試。」

「可今天不是週末嗎？」

「就是說啊！」向一凡也很無奈，「對方說人事部主管昨天剛出差回來，後天可能又要走，就今天有時間。所以快遞公司那邊……」

向一凡和朋友合夥加盟了一家快遞公司，因為是起步階段，又為了節省資金，所以沒有雇人。有時向一凡忙不過來時，向小葵也會幫忙送幾份快遞。

「哥，實話告訴我……」向小葵十分好奇，「讓你年輕貌美的妹妹幫你去送快遞，你有沒有一滴滴的擔心過我會遇到壞人？」

「……」

向一凡沉默了一下，語氣平淡的闡述：「一般的壞人不會那麼沒眼光的。」

這個哥哥一定是撿來的！

雖然懷疑哥哥不是親生的，但向小葵還是坐車來到向一凡的快遞公司。

「咦，小葵，妳來了。」正在倉庫收檢快遞的公司合夥人之一方靖，看到向小葵後有點吃驚。

「哥哥去超市面試店長的職位，我過來幫他送快遞。」說著，向小葵走到向一凡的辦公桌前，忽略掉桌上放了好幾天的殘羹剩飯，熟練的從抽屜裡拿出小一號的工作衫套在身上，「靖哥，今天要送的快遞多不多？」

「反正是不少。不過向一凡那傢伙究竟是怎麼想的？讓妳一個女孩子上門送快遞多危險啊！」方靖皺眉，覺得向一凡這做法十分不妥。

聞言，向小葵簡直要飆淚，終於有人意識到她還只是個嬌弱如花的女子！

「雖然只是快件，但是也有很多貴重的東西。妳一個女孩子哪有力氣啊，萬一拿不動還摔了，我們可賠不起。」

「……」

方靖幫向小葵把快件搬到小綿羊上，目送她背影離開的眼神依依不捨，就差沒眼含熱淚了。

向小葵邊騎車邊想：哼哼～靖哥肯定不是擔心我……哥哥認識的人果然都是狐朋狗友，狼狽為奸！

向小葵頂著熾烈的日頭送了一下午快遞，熱得衣服都濕透了，所幸最後一站是距離學校不遠的一處高級社區。

她騎著小綿羊嘟嘟嘟的進入社區，經過傳達室的時候被管理員攔了下來。

「小哥，去哪啊？」管理員拿著簽到本走了過來。

「一棟1608號。」向小葵乖乖唸出快遞單上的地址。

「厲先生？你要送快遞給厲先生？」

向小葵低頭確認一下快遞單上的名字，沒錯啊，管理員大哥為什麼一副驚奇的表情？

「我們說的應該是同一個人。」

「厲先生不太喜歡被人打擾，這樣吧，你把東西放在我這裡就好了。」

向小葵求之不得，恨不能趕快結束回學校呢。她下了車，將小綿羊靠邊停好，她覺得安全帽有點礙事便拿了下來，從後座上抱下來一個很大的箱子遞給管理員，笑盈盈的說：「這就是1608的快遞，拜託您了。」

管理員像是愣住了，盯著箱子的眼神越發詭異，最後連看她的眼神都不對勁了，「你、你是女孩子啊？」

「呃……不像嗎？」只是出了點汗，戴了一頂鴨舌帽，把長髮塞進帽子裡而已啊，不至於讓別人連她的性別都搞不清楚了吧？ ─▽─||

「呃，那……這種東西我們可不幫住戶收，妳還是自己送上去吧。」

說完，管理員腳底抹油迅速溜回傳達室，一邊嘴裡小聲嘟囔著：「看不出來厲先生的口味這麼特殊，讓人女扮男裝送快遞……」

向小葵抱著印有「Durex」字樣的箱子，站在原地風中凌亂。

——管理員大哥，你該不是誤會什麼了吧？我真的是只送快遞的啊…… /(ToT)/

向小葵把小綿羊鎖好，不情不願的抱著一大箱 Durex 找到一棟。

不過，隨著她走進大樓，起先心裡那點小抱怨也轉變成了吃驚的表情——好大啊！

雖然建築物的外觀和其他高級公寓差不多，可裡面卻裝潢得金碧輝煌。整體歐美式的設計，不僅有羅馬柱、水晶燈，連大理石地面都亮得泛光，簡直能拿來當鏡子用。

向小葵感覺這一路走來每一個角落都閃爍著三個大字——錢錢錢！

怪不得管理員聽聞這裡的住戶有快遞，會露出那麼詭異的表情。住在這裡面的人如果需要什麼，估計打一通電話，就有什麼特別助理、貼身秘書開著賓利送來吧。

拿著管理員大哥給她的電梯卡刷到了十六樓，一層樓只有兩戶，所以向小葵很容易就找到 1608 號。她敲了敲門，可是半天沒有人來開門。她又按了兩下門鈴，過了一分鐘，裡面隱約有了動靜。

向小葵聽不太清楚，下意識將耳朵貼向門板。她聽到的聲音的確是腳步聲，那聲音越來越近、越來越近，然後停了下來。

……咦？

向小葵還沒有反應過來，大門刷的一聲就開了。沒了房門的支撐，再加上懷裡的東西，向小葵很順理成章的向前栽了過去，毫無形象可言。

幸好 1608 號的主人眼疾手快，大手一伸，精準俐落的穩住了箱子，同時也穩住了她。

向小葵幾乎要被自己的蠢弄哭了……第一次聽人家牆角，就被主人抓到現行，真是太悲慘了好嗎！TᴏT

當她還沉浸在自我厭惡和悔恨不已的情緒中時，佇立在對面的男人忽然開了口：「妳找誰？」

三個字，很簡單的一句問話，在普通人聽來沒什麼，但不要忘了她可是一個聲控啊！

那種慵懶閒適的語調是怎麼回事？聲音低沉、清冽，如同在地窖中釀造多年的烈酒，尤其尾音夾雜著睡意濃重的沙啞，簡直就像是一塊巨大的吸鐵石吸得她的小心臟怦怦亂跳。

向小葵對聲音好聽的男人絲毫沒有抵抗力，尤其這家男主人的嗓音好像她最崇拜的陛下……不過也不可能是陛下啦～溫不語常年居住在英國，他社群網站資料上的所在地也是英國。包括上一次為某聲優祝賀生日時，他還說過時差的問題……

她很驚訝自己竟然能遇到和陛下聲音那麼相似的人，可都沒有抬頭看到正主時來得震驚——送快遞遇到半裸美男的機率，簡直堪比白天見鬼。

男人方才可能真的在睡覺，精短俐落的頭髮有一小撮不安分的翹了起來，和這個人散發出來的精英氣質極為不符，反而有點萌萌的。接著，向小葵的視線很隨意的（？）掃過男人赤裸著的上半身，一、二、三……六塊腹肌和人魚線什麼的簡直喪心病狂！

幸好，男人套了一條睡褲在身上，雖然鬆鬆垮垮的連腰間的繫繩都沒繫緊，但至少不會讓她太尷尬。可即便這樣，向小葵還是能感覺到自己血氣上湧，面部溫度異常。

「妳到底要找誰？」男人的聲音夾雜了一絲不耐。

聞言，向小葵如夢初醒，抱著箱子的手微微一緊，「那個……我是來送快遞的。」

男人的目光從向小葵爆紅的臉上緩緩下移，落在箱子異常醒目的LOGO上，濃眉輕挑，「妳確定這個是寄給我的？」

對方波瀾不驚的語氣，似乎對於會收到這種東西一點也不覺得尷尬，反而正直得讓向小葵都不確定了。她又低下頭再次檢查一遍快遞單，問：「厲什麼北？」中間那個字因為印刷問題，實在看不太清楚。

男人漆黑眼眸中升起一分笑意，難得好脾氣糾正自己的名字：「厲清北。」

「嗯，那就是你了。」向小葵果斷下了結論，將快遞單交給對方簽字確認。

簽好字後，厲清北接過箱子，單子上熟悉的字體，讓他一眼便認出是誰這麼無聊寄這種東西給自己。他準備回房撥通電話「感激」一番，一抬頭，與本該已經離開的向小葵目光相撞。

「還有事？」他問。

「呃……」她才不會承認自己是因為貪戀男色才遲遲不走呢。被對方直截了當這麼一問，向小葵大腦短路了一下，不知怎麼就回了一句：「請切記要保重身體。」

嚴肅而認真，甚至帶著一股憂國憂民的語調，連她自己都要被感動了。

男人的表情一貫的平靜無波無瀾，但向小葵真的有看到他的眼角此時抽搐了一下。

意識到自己說了什麼話，向小葵臉上剛剛降下來的溫度再一次升溫，不敢再看對方的表情，立刻閃身進了電梯，揮揮衣袖不帶走一片雲彩……

從金光閃閃的大樓裡逃出來，向小葵謹慎的確認了一下身後沒有人追自己，才心有餘悸的拍了拍胸口。

好不容易遇到一個聲音好聽、長得又極品的男人，竟然是個色情狂。唉，這個可悲的世界啊！

★　★※★※★※★　★

向小葵坐車回到宿舍，想把下午的遭遇分享給程綠，卻不見室友身影。她剛躺到床上準備休息一下，就接到哥哥的電話。

「快遞都送完了嗎？」

「送完了。哥，你準備怎麼感謝我？」

向一凡直接忽略掉她後面的話，問：「送完了怎麼不回公司？妳現在在哪？」

「我在學校啊。」

向一凡驚奇的問：「妳怎麼回學校了？」

「我當然是……」

向小葵說到一半察覺到不對勁，垂死病中驚坐起——糟了！小綿羊！

第二章

向小葵結束了一天的課程，剛回到宿舍就被拉到了網上。

團子大人【宣傳】：花魁，趕緊上站轉發，我們的新劇《致最愛的你》新鮮出爐啦！

花小葵【聲優】：這麼快？我馬上去！

向小葵打開社群網站，上一條向大神道歉的訊息，其留言竟然有兩千條。她草草的看了一遍，其中一小半是自己的粉絲或者朋友力挺或安慰自己的，剩下一大部分都是冷言冷語。

其實事情過去這麼久，向小葵也不那麼在意了。本來入圈就是用來消遣解悶的興趣而已啊，如果因為網路上毫不認識的陌生人而影響心情，就真的太不值得了。

聽從團子大人的指示，向小葵轉發宣傳新劇——

進擊的團子：團圓劇社新劇《致最愛的你》終於新鮮出爐了，撒花！感謝所有參與廣播劇的童鞋，尤其感謝已經上班的綠豆君和開學很忙的花魁！工作人員名單：【策劃&編劇】蘋果綠。【聲優】花小葵、明清、一葉孤城。【後期】綠豆君。【美工】金剛蘿莉小喵喵。

弄丟小綿羊的花小葵：因為剛開學，空閒時間很不穩定，但還是在規定時間前交了乾音，應該不會被嫌棄了吧～\\(^o^)//

錄音軟體中有乾音、濕音之分，乾音就是沒有任何處理的原始錄音。向小葵總算是能向大家交代自己的進度了。

訊息一發出，很快就有轉發和留言。

1L：花魁又出新劇了？

2L：這部小說就很好看，沒想到是花魁配女主角，太好啦！

8L：盼好久了妳知道嗎花魁，心好累……

9L：原來之前那麼急著抱大腿就是因為要為新劇炒作？呵呵。

10L：呵呵，不會關注。

11L：很懷疑她在被陛下拒絕了之後，還會拉哪個大神下水。呵呵。

34L：好像滿多人不喜歡她的哦？可惜了和她一起配劇的明清大大和一葉孤城大大了，唉！

向小葵關掉該篇訊息頁面後，看到群組頭像不停的閃。

團子大人【宣傳】：花魁妳不要理那些人，某些人就是無聊！（發怒）

金剛蘿莉小喵喵【美工】：就是！都過去這麼久還來黑花魁，不知道她們是什麼心態！

綠豆君【後期】：這會工夫發生了什麼？

向小葵知道，群組裡的人也一定看到自己訊息下面的留言了。

花小葵【聲優】：對不起，可能要連累劇組了。QAQ

蘋果綠【策劃】：對不起什麼？妳按時交了乾音，沒拖劇組後腿，而且配得還不錯。沒什麼對不起的。

團子大人【宣傳】：蘋果大大果然秉持一貫的一句話秒殺眾人的獨特風采……

花小葵【聲優】：小蘋果！^0^

蘋果綠【策劃】：小葵，我拉妳進新群組。

花小葵【聲優】：什麼新群組？（疑問）

團子大人【宣傳】：《忘川》知道嗎？蘋果和舊春光劇社一同拿到了版權。

花小葵【聲優】：哇哦！小蘋果好強！

金剛蘿莉小喵喵【美工】：是啊，聽說之前好多劇社都沒爭取到，不知道蘋果用了什麼非常手段，嘿嘿。（偷笑）

《忘川》這部小說幾乎可以說是風靡整個小說界的紅文，上個月剛剛完結，就已經簽了出版和影視的合約。

向小葵看過這部小說，也曾在夜裡抱著手機哭得稀里嘩啦。程綠就是透過她才知道《忘川》，那時程綠說一定要拿下這部小說的廣播劇版權，沒想到她真的說到做到。

忽然間，向小葵對程綠的崇拜之情油然而生。

向小葵點開程綠的頭像，和她私聊。

花小葵：程綠妳好厲害哦，前幾天總看妳上網就是在弄這事？

蘋果綠：嗯。不過是和舊春光一起拿到的，有點遺憾。

花小葵：那也很好了，妳能拉到名劇社舊春光和我們一起合作就很厲害了啊！

舊春光是聲優圈裡的老牌劇社，大神小神數不勝數。尤其一線大神謝微塵，現代劇、古風劇樣樣行，在圈子裡又很有口碑，脾氣出了名的好，粉絲無數。只是謝微塵現在也是半隱退狀態，很少接新劇了。

想到謝微塵，向小葵睜大了眼睛，連忙發消息給程綠。

花小葵：男主角不會是謝微塵大神配吧？

蘋果綠：不一定。為了公平起見，我們社和舊春光都會推薦聲優，到時候你們要參加試音，最後留下誰，要兩個劇社的人投票決定。

花小葵：哦。

蘋果綠：小葵，(⊙o⊙)舊春光妳是了解的，所以這次妳很有可能會配不了女主角。

花小葵：沒關係啦，儷好性格那麼難揣摩，我還害怕自己會毀劇呢，嘿嘿。

蘋果綠：（發怒）怎麼這麼沒出息呢？既然參加試音了就把角色給我拿下！否則看我怎麼收拾妳！（我戳）

花小葵：呃，知道了……（可憐）

小蘋果成為御姐的時候真的好可怕……

蘋果綠：好了，加進來吧。對了，晚上我可能要住我媽這邊，明天一早再回學校。

右下角顯示加她進入新群組的提示，向小葵點了同意。

這個群組是兩個劇社為了策劃新劇而開的，人數還不多，向小葵迅速瀏覽了一下群組成員，看到了好多圈子裡赫赫有名的人物，只不過現在的時間，成員頭像大多都是暗著的。

團子大人【宣傳】：我們花魁也加進來了。歡迎～\\(≧▽≦)//

蘋果綠【策劃】：小葵，向大家打個招呼吧。

花小葵【聲優】：大家好，我是花小葵。（害羞）

莫失莫忘【監製】：歡迎新成員。撒花！

花小葵【聲優】：謝謝。o(∩_∩)o

壯士你好白【編劇】：（好奇）這個花小葵是不是之前每天對陛下表白的那個？

這句話一發出來，群組裡剎那間安靜了，向小葵幾乎能想像到電腦螢幕前眾人尷尬的表情。

向小葵【聲優】：對啊，我就是傳說中的那個腦殘粉。o(*////▽////*)q

原本詭異的氣氛，頓時因為向小葵的自我調侃而消失得無影無蹤了。對方似乎也意識到自己說錯話了，連忙道歉。

壯士你好白【編劇】：Sorry，花魁，我沒別的意思。

花小葵【聲優】：沒關係的。（笑）

莫失莫忘【監製】：花魁真的是團子她們說的那樣，性格好好。

壯士你好白【編劇】：是啊，哪裡像網上說的那樣啊！花魁，我挺妳！

莫失莫忘和壯士你好白都是舊春光的元老級人物，即使他們離開舊春光劇社，進入一般商業影視公司工作，也算是大神級的監製和編劇了。向小葵沒想到這些人一點架子都沒有，比想像中的還要好相處。

團子大人【宣傳】：花魁，妳的小綿羊找到了嗎？

花小葵【聲優】：木有。那個社區好多BMW和賓士，不知道為什麼就我的小綿羊不見了，管理員大哥也不知道怎麼回事。如今的小偷都沒有點職業操守嗎？T^T

金剛蘿莉小喵喵【美工】：哈哈笑死了！沒準兒小偷吃慣了大魚大蝦，也想偶爾換換口味嚐一下清粥小菜呢？

綠豆君【後期】：喵喵這話好熟悉啊。妳們確定自己真的在聊小綿羊，而不是花魁本人嗎？

花小葵【聲優】：……就算二選一，我也要做大魚大蝦這樣高貴的物種！

團子大人【宣傳】：話題跑偏了吧？話說花魁妳打算怎麼辦啊？

花小葵【聲優】：（大哭）只能暑期打工賺錢給哥哥買小綿羊了……

金剛蘿莉小喵喵【美工】：為什麼要去別處打工？就直接去花哥哥那裡打工抵債好啦！

花小葵【聲優】：不要！送快遞會遇到怪蜀黍！/(ToT)/

蘋果綠【策劃】：……

程綠在電腦前嘴角一抽，她記得向小葵那天回來高興得像是占了什麼大便宜一樣，而不是尋常人被變態嚇到時應該有的反應。

莫失莫忘【監製】：什麼高級社區啊，連小綿羊都能看丟？

花小葵【聲優】：是我們這邊很有名的富人區，叫什麼鼎盛世家。

團子大人【宣傳】：這麼有錢的地方安保這麼差，花魁妳去相關單位投訴！

忽然，一直隱藏的壯士你好白出現了。

壯士你好白【編劇】：花魁，妳是T市的？

花小葵【聲優】：妳怎麼知道？

花小葵愣了一下。哎呀，糟！是不是暴露座標了？！

壯士你好白默默關掉群組視窗，點開好友欄中的某大神：大神小心！你們社區出現無節操小偷。

過了兩分鐘，大神回話了：？

已習慣大神一向高冷的聊天技巧，壯士你好白輸入：花魁送快遞去你們社區，小綿羊被偷了。

又等了足足兩分鐘，才等到大神的回答：花魁是？

囧！前幾天還公然在幾千名粉絲面前拒絕人家，害得人家天天被黑粉罵，他自己倒這麼快忘得一乾二淨。

壯士你好白：就是之前那個每天發訊息標注你，對你的崇拜如滔滔江水延綿不絕——總之就是瞎了眼、盲了心才會看上你的聲優花小葵。

怕大神不相信自己家社區出現安全問題，壯士你好白還很體貼的將群組裡之前的那段對話截圖，發給大神。

過了一會兒，溫不語回了句：她就是花小葵？

這不是廢話嘛，都說了好幾次了！壯士你好白在心裡偷偷吐槽，卻不知道大神指的另有其他。

壯士你好白：是啊，很可愛的女孩子。在經過你一番非人的對待後竟然沒有成為你的黑粉，簡直感動天地！

不知不覺，壯士你好白已經將向小葵當作自己人對待了，甚至為了她斗膽挑釁大神，這勇氣真是可歌可泣！

溫不語：好，我知道了。

——咦？知道了？喂喂你知道什麼？！

壯士你好白還來不及打字過去，溫不語的頭像就已經灰掉了。

怎麼辦，她還沒來得及告訴大神為《忘川》試音的事情啊！她沒完成任務，會被莫失莫忘吃掉的啦……/(ToT)/

★　★※★※★※★　★

向小葵從壯士你好白那裡拿到了《忘川》第一集的劇本，利用晚上睡覺前的時間將它看完。

第二天，向小葵頂著兩顆核桃一樣的腫眼泡去上課，同學們驚了。

「小葵，就算妳不是傾國傾城的大美女，但至少還能看得過去啊！這麼自暴自棄還跑出來嚇人可就有點說不過去了。從實招來，在哪割的雙眼皮？」

——我本來就是雙眼皮好不好！

向小葵欲哭無淚，因為眼淚在昨晚熬夜看劇本的時候已經流乾了。

她可憐的儷好，嗚嗚嗚～～

因為前一晚失眠，中午和程綠去學校餐廳買午餐時，向小葵也提不起精神來。

「雖然下午要和莫失莫忘對戲，但妳也不用整晚都在看劇本這麼用功吧？小心熬壞了嗓子。」排隊的空檔，程綠好心提醒。

向小葵無精打采的看了程綠一眼，聲音也蔫蔫的：「小綠，如果我試音沒有通過的話，妳一定要記得請我吃包子，安慰我受創的心靈。」

她剛說完，程綠一個巴掌招呼過來。

「哦！好痛！」向小葵可憐巴巴的捂著腦袋。

程綠一副大姐大的氣勢，雙臂環胸，居高臨下的睥睨她，「既然這麼喜歡這個角色，就要努力得到它啊！不要給自己留退路，也不要去想那些亂七八糟甚至還沒發生的事。妳現在的目標只有一個，就是把儷好的角色拿下！真是的，還沒上戰場就先自亂陣腳，我平時就是這麼教妳的嗎？」

她們兩個人，有著兩種截然不同的性格。

向小葵是喜歡某個東西或者對某件事產生興趣，就會去做，哪怕不成功也無所謂，她享受的是過程，甚至有時候還會有點小悲觀。而程綠就不同了，她一旦做了什麼決定，之後的每一步就會朝著目標前進，直到爭取到自己想要的。

不是有句話叫「不成功便成仁」？應該就是形容程綠這種人。

如果說在向小葵的心裡溫不語排第一的話，那程綠自然就是她的第二個偶像。

此時，似乎被程綠的一番話激勵到了，向小葵兩隻眼睛亮晶晶的凝視著程綠，十分崇拜的感嘆道：「小綠，妳剛才好MAN哦！」

程綠：「……」

「呵呵。」

清澈的笑聲忽然從身後傳來。向小葵和程綠一同回過頭，兩人反應不一。

程綠抿抿唇，很快的轉過頭假裝看風景，而向小葵則立刻糾正自己的站姿，規規矩矩的叫了一聲：「謝教授。」

聞言，程綠拋過來鄙視的一眼，向小葵則無奈的聳聳肩——沒辦法，她從小就對老師這個物種望而生畏，多年的陋習已經改不了了。

「嗯，妳好。」謝慕堯淡淡的笑著，聲音格外有親和力。

謝慕堯在講過幾堂課後已經成為了學校學生公認的男神，不管是課堂上還是下課後，都有好多女同學圍著他轉，他上課時又從不點名，因為沒有一個學生會缺席他的課。所以謝慕堯不知道自己的名字，向小葵絲毫不覺意外。

不過——

「小綠，好久不見了。」

不難發現，謝慕堯的注意力自始至終都停留在程綠的身上。

他知道小綠的名字！

有有有姦情姦情！

向小葵的眼睛瞬間瞪得溜圓，視線在男女主角二人身上徘徊不停。

「好久不見」這四個字，簡直就是前情侶久別重逢後的必備殺技啊！如果程綠告訴她，她和謝慕堯之間沒什麼，向小葵一定不買帳！

不過，程綠不愧是傲嬌女王，面對眾女生心目中的男神也能巋然不動，她只看了對方一眼，神色冷漠的說：「不好意思，謝教授，該我們點餐了。」

然後，她拉著向小葵與孤傲的謝慕堯擦身而過！

看著這「神奇」的發展，向小葵心想：簡直不能再棒了！

回宿舍的路上，任向小葵如何逼問，程綠的嘴巴都跟蚌殼一樣緊，一個字都不肯吐露。

向小葵縱然再好奇，可是當事人不肯說，她也挖掘不出什麼猛料來，只能偃旗息鼓。

★　★※★※★※★　★

向小葵和莫失莫忘約定下午四點去群組裡對戲，在登入語音聊天室的過程中，她還賊心不死的看向程緣，卻見到程緣破天荒的望著窗外發呆！

——多愁善感的林妹妹做派和妳御姐的氣質一點也不符合好嗎！

她心裡八卦的小火苗漸漸熄滅了。算了，程緣想說的時候自然就會說了。

向小葵被莫失莫忘拉進兩個劇社合用的聊天室頻道，然後就驚了。

怎麼這麼多人？雖然只有二十來個人，但也不少了，而且看ＩＤ……一大部分都是陌生人啊！

向小葵雖然是個小有名氣的聲優，但很少對戲，更何況是在這種情形下。

莫失莫忘似乎看穿向小葵沉默的原因，向她傳話解釋道：「沒關係的，他們大多都是掛機。而且試音的時候聽眾會更多，妳要習慣。」

好吧。向小葵乖乖的插上麥克風，打開自由模式。

看到向小葵頭像前的指示燈變成綠色，知道她已經準備好了，莫失莫忘問：「花魁，劇本都看了嗎？」

向小葵點頭，一秒鐘過後才意識到對方看不到自己，忙答：「看過了。小白改編得很好，我哭了一整晚呢。」

「呃……」莫失莫忘顯然有點無語了，「雖然能將自己代入到角色當中最好，但哭一晚上會影響聲音吧？」

「沒辦法，我太愛儷好這個角色了！」向小葵又補充道：「莫莫你放心，不管怎樣我都不會影響到聲音的！」這點專業度她還是有的。

「好吧，我們先對一下開頭第一段吧，先看看妳嗓音狀態如何。」

「嗯，好噠！」

《忘川》是一部古代江湖類的小說，女主角是個孤兒，鬧飢荒時被她的年輕師父忘塵救起後，取名為儷妤，隨師父一直在璇璣宮中生活。自從她十歲起，整個生活就圍繞著忘塵一個人，兩人朝夕相處，而隨著一年年長大，儷妤對自己的師父漸生情愫。

忘塵還有一個師弟，名叫忘川，只比儷妤大幾歲，可稱得上是青梅竹馬。儷妤剛入宮時不懂事，便稱忘川為哥哥；後來有了師徒輩分便改叫他師叔，可是哥哥、哥哥的叫習慣了，就直接改口叫忘川為師哥了。

《忘川》劇本的第一集，正是小儷妤和忘川在樹下練劍的對手戲。

向小葵已經將劇本熟背於心了，但是為避免出錯，還是拿起了早先列印好的劇本，翻到第一頁，迅速進入角色——

「師哥，你說，師父今日會不會回來？」

向小葵的聲線本就很細，配起少女音絲毫不吃力。只是很平常的一句話，卻道出了女孩子家的羞澀和期盼心上人早日歸來的心情。

「啪。」莫失莫忘說：「是師叔，不是師哥，要說多少次妳才能記住？」

話音一落，向小葵險些噴血。

第一個「啪」是擬聲詞，是忘川用手拍了一下儷妤的後腦發出的聲音。做廣播劇時，後期製作人員會把合適的音效放上去。但因為現在是提前熟練劇本，所以就隨意來配了。

向小葵也沒想到莫失莫忘會照著劇本一字不差的唸出來，而且他本身不是聲優，讀劇本讀得平鋪直敘就罷了，連擬聲詞都唸得一板一眼，讓向小葵幾乎瞬間出戲。

不過，她可是一個合格的聲優啊！

深呼吸一口氣，向小葵諂媚道：「嘿嘿！師哥，過會兒師父若是回來……你可千萬不要告我的狀。」

莫失莫忘繼續毫無感情的唸道：「我會跟師父說，儷妤近日勤學苦讀，日日操練，沒黑沒白的練就了一身──偷懶神功！」

「師哥，你不厚道！」儷妤嬌嗔。

「宮主回來啦！全部去宮外迎接！」莫失莫忘又唸了一段弟子的唸白。

儷妤興奮之情溢於言表：「師哥，你聽到了嗎？是師父回來了呢！」

「不錯。」第一段戲結束，莫失莫忘總結：「蘋果說得對，妳果然很適合幼年儷妤的角色。」

向小葵得到肯定自然高興，但對戲的主要目的還是對戲感語調以及發聲部位等等進行指導和糾正。於是，向小葵虛心的問：「有哪裡配得不好嗎？」

「嗯……容我想想。」莫失莫忘沉浸在思考中。

這時，忽然插進來一道沉穩低啞的男聲——

「氣息掌握得不太好，有些拖音。還有，鼻音最好不要太重。其他的都還好。」

莫失莫忘神經大條，還沒察覺出不對勁，連連贊同：「對對對，就是這些毛病，不過都是小毛病，很好糾正。」

而這邊坐在電腦前的向小葵已經呆掉了。

天天天啊！這聲音！

作為愛慕陛下多年的腦殘粉，向小葵已經憑第一個字就認出了出聲的人正是溫不語！

畢竟，還有誰能擁有這麼一副好嗓子？就算用普通人的語調和你聊天，也能將每一個字說得錚錚有力，性感魅惑到讓人想哭？

畢竟，這個世界上還有誰，能令向小葵只聽到聲音就會怦然心動？

這時，打字區已經被這二十多個人洗版洗到快要當機。

「怎麼回事？我為什麼會聽到陛下的聲音？」

「你沒幻聽，我也聽到了！」

「買噶！陛下你終於出現了！」

「跪求陛下再施捨我們一句話！我此生就無憾了！TAT」

「掛機能掛到百年難遇的陛下大人，我今天要買樂透。（握拳）」

程綠聽到動靜抬起頭，就看到向小葵淚眼汪汪的對著電腦，她嚇了一跳：「好端端的怎麼哭了？」難道是太入戲？不過今天不是只對小說開頭嗎？這也能把自己弄哭？

向小葵循聲望過來，眼圈越發紅了，「小綠，陛、陛下竟然在群組裡聽我對戲，而且還指導我了……」

「所以妳是喜極而泣？」程綠不確定的問。

「不。我因為太激動了，腳不小心勾到了筆電的電源線，而且我今天還忘記插電池了……」

所以，筆電很光榮的在關鍵時刻黑屏了。

而她，竟然沒有錄下大神和自己的第一次互動……說不定以後就再也沒有這樣的機會了呢……

想想都覺得肝腸寸斷，心如死灰。ToT

溫不語已經神隱很多年了，剛開始的時候還會偶爾接幾個商業配音，但是到後來就漸漸銷聲匿跡了。在他出道的那個年代，很少有聲優能做到他當時的成就和地位，如果溫不語三年前沒有隱退而是繼續做下去，名望、事業想必唾手可得，是多少同行求都求不來的。

後來圈子裡有人傳，溫不語本人家族的生意做得很大，因此他才能將網路廣播劇配音當作一種玩票性質的樂趣在做。

不是為名、也非為利，純粹是因為喜歡。

用溫不語自己說的話總結，就是——

Just for fun.

可想而知，溫不語突然出現在語音聊天室，甚至破天荒的開口，對於他們這些粉絲來說，用百年難遇來形容真的是太貼切不過了。

向小葵一開始也不太敢相信自己的耳朵，而且大神第一次開口還是在對自己說話，簡直像做夢一樣。後來她不小心勾掉了電源線，再打開電腦時，卻又沒有了上語音聊天室的勇氣。

可能大神在糾正她的時候並不知道她是誰吧，或許是無聊，又恰巧聽到，才好心指導她一下。

如果她回去主動和大神說話，可能又要被一些粉絲認為自己是在抱大神的大腿……最重要的是，大神好像對她的印象不太好呢。

向小葵最怕自己的出現會讓大神覺得不舒服。

於是天人交戰了許久，她還是決定就此下線好了。至少在遺憾自己錯失第一次與大神交流的機會時，她還可以安慰自己，這是天意。

★　★※★※★※★　★

第二天，向小葵突然接到鼎盛世家管理員大哥的電話。上次去找小綿羊時，為了方便聯絡，所以她把自己的手機號碼留給管理員大哥了。

聽到電話那邊說自己的小綿羊可能找到了，向小葵還有些不敢相信，問：「真的假的？」

管理員大哥十分高冷的說：「妳過來看看不就知道了？」

於是，向小葵再一次踏上了尋找小綿羊的漫漫長路。

不過結果還是……她果然又失望了。

——大哥啊～雖然你很貼心的將摩托車停在社區門口，但請你告訴我，這種酷炫霸氣側漏的哈雷和我溫柔可人的小綿羊哪裡像了？

「呃，差別很大嗎？」管理員大哥瞧著也覺得有點不對勁了。

向小葵果斷搖頭，差別不大，也就是素包子和海陸至尊豪華披薩的區別而已。

無功而返，向小葵準備坐公車回學校，一抬眼，街對面的馬路上一個高個子男人正朝著她的方向走來。他穿著一件白色的襯衫，背脊筆直，走路姿態閒適，氣度卻非凡；下裝搭配了一條同樣是淺色系的褲子，更凸顯修長的雙腿。他一隻手插在褲子口袋中，逛馬路猶如走模特兒伸展臺，從背後落下的陽光在他周身鍍上了一層光暈，清雅悠遠。

向小葵不由得多看了幾眼，但在看清男人的臉時，她倏地睜大了眼睛。

這時，男人似乎也有預感，頭微微偏了幾分，精銳犀利的視線瞬間捕捉到向小葵吃驚的臉，然後眉梢輕揚，嘴角上挑出一個難以揣測的淺弧。

這表情簡直——

太、太可怕了！

向小葵想到那天自己臨走前大不敬的話，生怕男人今天逮到機會挾私報復，第一個反應就是跑！公車站牌在前方距離自己不到十公尺的地方，可向小葵一下子就跑過頭了（‾▁‾|||）……開弓沒有回頭箭，更何況站牌離男人的家那麼近，萬一又被他逮到怎麼辦？

於是，向小葵堅挺的走完剩下的半里路，到下一站才上了車。

回到學校，還心有餘悸，向小葵連忙上網將今天的遭遇分享給眾人。

花小葵【聲優】：今天街上有怪蜀黍出沒！TAT

原本聊得熱火朝天的群組一下子靜了下來，緊跟著，話題轉到向小葵的身上。

團子大人【宣傳】：啊？上次的那個？

花小葵【聲優】：嗯吶！

金剛蘿莉小喵喵【美工】：好可怕=□=

團子大人【宣傳】：那他沒對妳做什麼吧！

蘋果綠【策劃】：她不對人家做什麼就不錯了。

花小葵【聲優】……

這時，壯士你好白也加入聊天陣營當中。

壯士你好白【編劇】：聽蘋果說，怪蜀黍看似很英俊？

花小葵【聲優】：嗯，腹肌的確很英俊。

蘋果綠【策劃】……

團子大人【宣傳】：花魁，沒想到妳也是這種人，痛心！

花小葵【聲優】……人魚線更英俊。

團子大人【宣傳】：（口水）

金剛蘿莉小喵喵【美工】：這種怪蜀黍我不介意每天都遇到一回！

壯士你好白【編劇】：今天不會也沒穿衣服吧？

花小葵【聲優】：穿了一件白襯衫。不過怪蜀黍穿白襯衫的樣子……

團子大人【宣傳】：快劇透！是不是帥氣逼人？

花小葵【聲優】：是挺像衣冠禽獸的。

蘋果綠【策劃】……

團子大人【宣傳】……

壯士你好白【編劇】：……

而此時正低頭看文件的男人恰好瞄了一眼螢幕，然後，嘴角不由得抽搐了一下。

壯士你好白忽然想起什麼：花魁，昨天妳怎麼忽然不見了？陛下在呢！

向小葵還沒想好說什麼，程綠就替她解釋了：她太激動了，踹掉了電腦的電源線。

金剛蘿莉小喵喵【美工】：……

團子大人【宣傳】：腦補了一下花魁當時的樣子……有點萌。

壯士你好白【編劇】：總之，花魁別錯過了週日的試音，我們都希望妳能通過。

花小葵【聲優】：謝謝大家！^o^

★　★※★※★※★　★

答應了程綠會努力拿下這個角色，再加上向小葵本身也很喜歡這部小說，所以這些天除了上課和睡覺外，她大部分時間就是躺在床上啃劇本，直到將劇本啃得滾瓜爛熟。

因為有了舊春光劇社的加入，《忘川》這部劇已經註定會受到很多廣播劇粉的注意。而且這部小說也有很高的知名度，如果能配到哪怕是女二、女三這樣的角色，對新人來說都是一個好機會。

參加試音的聲優都是兩個劇社友情推薦的，前期又經過莫失莫忘和程綠的篩選，所以角逐儷好這個角色的候選人只剩下三個，向小葵排在最後一個試音。

前兩個聲優發揮得都很不錯，其中一個唸錯了一句臺詞，不過憑著多年網配的經驗竟然奇蹟般的順了下來，輪到向小葵的時候，她開始緊張起來。

「別緊張，照妳平時的水準發揮就可以了。」

對面下鋪傳來程綠的聲音，向小葵看向她，然後堅定的點了點頭。

不管成功與否，只要盡自己最大的努力就行了。

「師哥，就算以後你轟我走，我也不會再離開你了……」

向小葵放低了聲調，加重了鼻音，語速緩慢，聲音沙啞，夾雜了若有似無的哽咽聲。多年的分離，和久別重逢後的慶幸，許多複雜的情緒都藏匿在她的聲音當中。

唸完這最後一句話，向小葵的試音也結束了。

主持這一場試音的是莫失莫忘，這時候也忘記接口說話了。之前他和向小葵對戲的時候，她只是簡單的配了幾句儷好少女時的臺詞，當時沒覺得有什麼太大的紕漏，但也沒給他很驚豔的感覺。

今天他安排給聲優的劇本，都是每個人聲音中最薄弱的地方。

比如第一個聲優擅長御姐音，就安排了儷妤十三、四歲時的片段。向小葵最擅長少女音，所以把儷妤後期歷經滄桑後的場景安排給她。

而這一次，向小葵的發揮的確讓莫失莫忘覺得震撼，甚至一時間都無法出戲。

聊天室裡安靜了好一會兒，直到一道雅致悠遠的聲音取代了莫失莫忘。

「大家好，我是謝微塵。」

謝微塵的聲音很容易認出來，他說話慢條斯理，每一個字都很清晰，就好像一滴透明的水珠砸在石子上，帶著很溫柔的穿透力。

向小葵還沒從儷妤的角色中緩過神來，就被謝微塵的突然出現驚著了。

她對謝微塵也有些了解，他幾乎是和溫不語同期出名的大神。只是不同於溫不語指點江山的霸氣，謝微塵配的角色大多都是名門公子或者斯文的讀書人。現實中兩人也有一個區別，就是謝微塵現在還未完全隱退，而溫不語已經完全神隱了。

「公子！」

「繼陛下之後的第二大奇蹟，我一定要去買樂透！」

「我終於見到活的大大了！ToT」

上一次溫不語出現在舊春光劇社的頻道裡，在粉絲中引起了軒然大波。溫不語出現過的頻道自那天起每天都守著一、兩千人，盼望著他能再次出現。

今天本來就是兩個劇社內部的試音，新建了一個頻道，也加了鎖密，只邀請一部分忠粉來參加試音，但即便這樣打字區還是炸鍋了……

謝微塵顯然也看到了排山倒海的洗版情況，聲音帶著絲絲笑意：「謝謝大家這麼熱情，我的確是活的。」說罷，他自己也笑了一聲。

「今天我是來參加男配角忘塵的試音。莫莫，劇本發過來給我。」

向小葵也要瘋了，竟然還沒看過劇本，現場發揮？！

果然大神和菜鳥之間的距離是多麼遙遠啊……

不過，震驚過後向小葵有了一個疑惑——

「公子出馬，誰與爭鋒！」

「只有我一個人好奇嗎？為什麼大大想要配的是男配角，而不是男主角？」

「同樓上！公子如果想拿下男主角，那也是沒問題的啊……」

果然，不止向小葵一個人覺得奇怪。

她抬頭問程綠：「謝大神怎麼配小角色啊？男主角今天試音的有誰？」

程綠看來也不知情，「等等，我問一下莫失莫忘。」

過了一會兒，程綠關掉了和莫失莫忘私聊的視窗。

「今天沒有男主角的試音。」

「啊？(⊙o⊙)」

「男主角的人選已經定了，由溫不語來配。」

取消男主角的試音，不是因為暗箱操作，而是沒有人會這麼不長眼，和陛下爭同一個角色。

就算爭了，結局永遠只有一個——

必死無疑。

而此時此刻的向小葵，徹底的石化了。

第三章

陛下&忘川，陛下&忘川。

自從得知這個消息後，向小葵的腦子裡就只剩下這一句話。

陛下明明已經隱退這麼久，社群網站上的簽名也是「不接新劇」，為什麼這麼突然答應了劇社來配忘川的角色?向小葵有點想不透，但還是很高興的。如果陛下能藉這個機會復出就更好了，那她以後再也不用只聽那些溫習過無數遍的老劇了。

選修課的下課時間，向小葵正在聽陛下早期的廣播劇打發時間，抬首時目光不經意掃到左邊第一排靠窗的角落，白襯衫男生不知什麼時候走進了教室，那裡彷彿已經成為了他的專屬位置，每次只要向小葵往那個方向看過去，總是能看到他被陽光鋪滿的寬厚背影。

他總是安靜的，不喧譁，好像從這個繁鬧的世界隔絕出去，用沉默應對一切瞬息萬變。

向小葵望著他的背影發呆，再回神時謝慕堯已經站在講臺上了。

一如平時，謝慕堯的課總是擠滿了學生，尤其女生人數還呈現直線上升的趨勢。相信過不久，他們恐怕就會從大教室搬到學校的大劇場去上課了。

下課鈴聲響起，謝慕堯照舊微微向大家點頭示意了一下，隨後教室裡響起了雷鳴般的掌聲，女生們尤為賣力，像歡送偶像一樣目送謝慕堯走下講臺。

不過這一次，謝慕堯卻沒有馬上離開教室，柔和的目光飄啊飄的，最後落到向小葵……身邊的程緣身上。

「程緣同學，下課後來一趟我的辦公室。」

向小葵用「你們之間究竟發生了什麼不可告人的事」的眼神看向程緣，而程緣也很茫然。

不過這不重要，重要的是此時此刻她們兩人已經成為全班同學注目的焦點，和那些羡慕嫉妒恨的眼神比起來，向小葵真是弱爆了。

謝慕堯的辦公室外，向小葵靠在牆邊等程緣出來，因為太無聊了所以兩隻腳還踢來踢去。

不一會兒，傳來一陣腳步聲。這一層都是學校教職員的辦公室，知道有人來了，而且極有可能是某個教授主任什麼的，向小葵連忙直挺挺的站好。若是放在古代，也就只有一個詞彙才能形容此時的她——大家閨秀。

那人停在她面前，忽然不動了，向小葵納悶，難道是在等自己主動打招呼？這老師的虛榮心很強啊！於是，她漾出與內心聲音完全不同的甜美的笑臉，抬起頭，然後——定住。

冤家的路果然都是奇窄無比的……(>_<)

遠遠的，厲清北就看到了她，一開始他只覺得這個人影似曾相識。當時她低垂著頭，長長的頭髮從兩邊肩側流瀉下來，穿著很多大學生最喜歡的裝扮——T恤加上牛仔褲。只不過牛仔褲的褲腳被她捲了起來，露出纖細白皙的腳踝，在那裡不安分的一晃一晃。

這身裝扮並不十分吸引人的注意，只是厲清北的目光卻徘徊在那一雙極其漂亮的腳踝上，心裡想著如果能在那上面紋些簡單的圖案，一定會非常賞心悅目。

待他走近，停在她的面前，厲清北忽然有些想笑，尤其是看到她在一剎那間傻掉的小臉。

果真是……什麼情緒都寫在臉上啊！

厲清北沒有要走的意思，好像是在等著她先說話一樣。

「好、好巧啊。」向小葵只好僵硬的開口，同時將目光轉到男人身後，盤算著成功逃跑的機率有多大。

「妳是謝慕堯的學生？」男人將她的小動作看在眼裡，淡淡的出聲。

這嗓音真是……嘖嘖！

咦，不對！他怎麼直呼謝教授的名字？

向小葵上上下下打量這高出自己整整一頭半的男人，視線落在他熟悉的白襯衫上，腦海中立刻閃現出一個人的背影。她後知後覺的瞪大眼睛問：「你也是謝教授的學生？不會吧！你這麼……」

「我怎麼？」男人狹長的眼睛微瞇、似笑非笑的樣子，恐怖級數簡直爆棚。

「老」這個字瞬間被向小葵嚥下，她流利的開口：「您這麼成熟穩重有魅力，一身精英CEO的模樣，說您是學生誰會相信？對了，請問一下，您今年有二十歲嗎？」

厲清北若是不淡定一點，自己一直保持的風度翩翩一定會在此時破功。

這麼一個毫無心眼的傻女孩，是怎麼被網上那些粉絲認定為心機女的？根本就……太高估她了！

其實說完這句話，向小葵也在心裡狠狠的鄙視了一下自己。

不過沒辦法啊，敵我力量太懸殊了，無論是身高還是氣場，對方都以絕對的優勢壓倒自己，雖然略狗腿了一點，但她可是識時務的俊傑啊！

就在兩人沉默以對時，謝慕堯辦公室的門突然打開了，向小葵暗暗鬆了口氣。

程綠看到厲清北時怔了一下，詢問的目光看向向小葵，而向小葵則是立刻挽著程綠的手臂，高傲的仰起了頭——哼哼，人家也是有靠山的！

「先再見了，厲先生。」笑笑著說完，向小葵拉著一頭霧水的程綠離開現場，腳步有些匆匆。

厲清北站在原地，垂眸，一絲隱匿的笑意從眼底閃過。

轉身推門進入辦公室，謝慕堯聞聲從教案中抬起頭，問：「怎麼拿個東西去了這麼久？」

厲清北懶洋洋的坐在他對面的沙發裡，有些意味深長的說：「半路遇到一隻小貓，逗一逗。你呢，剛才出去的就是那個小綠？」

「嗯。」謝慕堯沒想到他們會遇到，不過根本也沒想隱瞞什麼。他想起這之前程綠面對自己時冷淡的態度，不由得感慨：「好多年沒見了，不再是當年跟在我屁股後面跑的小女孩了。」

說完這話，謝慕堯的表情有些悵悵的。

厲清北挑眉，「怎麼？後悔當初拒絕人家了？」

謝慕堯只是笑笑，不置可否。

★　★※★※★※★　★

從謝慕堯那裡出來，程綠顯得心事重重，向小葵也沒敢多問什麼。

一回到宿舍，向小葵就爬上網，先瀏覽了一下社群網站。上一次發出那條有關新劇的宣傳，反響似乎不太好，其實真正聽過廣播劇的人少之又少，在她訊息下面留言的大多都是因為溫不語而討厭她的黑粉，也有好多偏激的話。

刪除留言反而會更引起她們的激憤，向小葵只好選擇無視，息事寧人。

因為校園網的關係，網速出奇的慢，向小葵剛打算關掉網頁，忽然畫面上出現好多標記她的提示。幾乎有上千條，向小葵納悶，看了一下右下角的日期，才恍然記起今天是團圓劇社和舊春光劇社共同發布《忘川》聲優名單的日子。

其實從試音結束那天開始，她就不怎麼關注這件事了。和她一起參加試音的兩個聲優表現很出色，而且都比她有名氣得多，所以向小葵覺得自己能通過的機率很小很小，索性就不去管了。

不過，這麼多人標記自己是怎麼回事？

向小葵打開《忘川》廣播劇官方網站，立刻看到了置頂在上端通告最終人選名單的消息。

《忘川》廣播劇官方網站：

劇組試音已經全部結束，經過劇社人員投票決定，聲優及主創人員名單如下——

忘川：溫不語。儷妤：花小葵。忘塵：謝微塵。洛寧嫣：蘑菇飯飯。

監製：莫失莫忘。策劃：蘋果綠。編劇：壯士你好白。宣傳：團子大人。後期：綠豆君。

官方網站就只發了這一條消息，而短短幾個小時，留言卻已達兩萬多條，幾乎每一條都是有關溫不語復出的事。

向小葵提前得知溫不語要配忘川的事，所以並不驚訝，可是她竟然打敗了另外兩個神級聲優，得到了儷好這個角色，這根本就是不可能的事啊！

向小葵一肚子的疑問，本想問程綠的，可一抬頭看到程綠心不在焉的模樣，她也不好打擾。於是她上了語音聊天室，一進群組裡，就抓住莫失莫忘。

花小葵【聲優】：莫莫，我剛才看到官方網站的名單，儷好由我來配？

團子大人【宣傳】：花魁妳終於來了，早上就貼出名單了呢！恭喜恭喜！

莫失莫忘【監製】：是啊，大家都覺得妳配得不錯，所以就定下來了。怎麼？

花小葵【聲優】：沒怎麼，只是覺得很震驚……

莫失莫忘【監製】：不用震驚，我們又沒有黑幕。都是真實投票投出來的，我們都覺得妳更能把握好儷好這個角色。（微笑）

壯士你好白【編輯】：我現在弄劇本的時候也會把花魁代入到角色裡呢，也覺得妳最合適。

花小葵【聲優】：我到現在都不敢相信這是真的……

這感覺，就像是從天上掉下一塊海陸至尊豪華披薩一樣。

向小葵本來沒抱希望的，可能就因為是這樣，所以得知自己成功入選時才會覺得無比開心。

這可是她最最喜歡的小說角色啊！

團子大人【宣傳】：要恭喜花魁啦，這次終於如願以償了！

花小葵【聲優】：是啊是啊，好激動！（大哭）

壯士你好白【編劇】：這是因為要和陛下合作所以喜極而泣了嗎？

花小葵【聲優】：咦？合作？

莫失莫忘【監製】：……別告訴我妳沒看到是誰配忘川的角色。

天！是陛下啊！

剛才只顧著驚訝自己的事情了，卻忘記了陛下也要在廣播劇中配音一個角色，而且還是和她有對手戲的男主角啊！和她是CP啊！

現在已經不是天上掉下一塊披薩那麼簡單了，而是這塊披薩美味可口，料又足，還正好拍在她臉上啊！

可是下一秒，向小葵忽然想到什麼，然後整個人就像迅速凋零的玫瑰花，蔫了下來。

向小葵做什麼事都是三分鐘熱度，喜歡一個人的聲音甚至長達好幾年，被程綠稱為「腦殘粉」一點都不過分。陛下能復出接新劇，向小葵是最開心的，有幸能和陛下一起合作，在這之前她根本都不敢奢望。

然而今天，當這個願望真的變成現實的時候，向小葵卻膽怯了。

她還記得上一次採訪時，溫不語是如何形容自己的作品，短短一個多月而已，自己的水準真的能夠勝任在劇中和陛下有諸多對手戲的女主角嗎？

更何況，自己之前的行為一定給他留下了很不好的印象，否則他也不會當眾說出「她的喜歡打擾到他」之類的話。如果接下了這齣劇，未來一定會和陛下頻繁接觸，向小葵一向是個簡單的人，她真的不知該怎麼面對一個自己極度崇拜，而對方又厭惡自己的偶像。

唉，真煩！T^T

★　★※★※★※★　★

接連兩天，向小葵都顯得心事重重，難得連包子都吃不下去了。

程綠想關心一下向小葵，可她自己也因為接了謝慕堯的任務而自顧不暇。原本她還想讓向小葵幫忙的，這下好了，蠟燭兩頭燒，還是等過幾天再說吧。

下課後，程綠和劇社裡的人約好了要聊關於《忘川》的事，所以先回宿舍了。向小葵一個人拎著書包在校園裡閒逛，逛了大約半個小時，狠著心下了某種決定後，才堅定的朝著宿舍樓走去。

當時程綠正在語音聊天室上和莫失莫忘他們開著麥克風聊劇本的安排，就聽到房門那邊傳來一聲動靜。知道向小葵回來了，程綠擺擺手就當打過招呼。

不過向小葵沒有回到自己的床那邊，反而站在程綠面前。

「小綠。」

聽到向小葵喚自己，程綠撩起一隻耳朵上的耳機，抬頭問：「什麼事？」

「我……」向小葵欲言又止，眼見程綠皺起眉頭，她才咬咬牙，「我想放棄儷好這個角色。」

「什麼？！」程綠認為是自己沒聽清楚，驚訝的盯著向小葵的眼睛，謹慎的又問了一遍：「妳剛剛說什麼？」

與此同時，語音聊天室頻道的打字區上也出現好多劇社成員在洗版。當然，都是被向小葵這個突然下的決定砸懵了。

莫失莫忘和壯士你好白前一秒還和程綠聊著劇本，下一秒就聽到向小葵的聲音從耳機裡傳來，兩人不約而同的選擇沉默，而非提醒程綠關掉麥克風。然後，兩人都去私敲了某個隱藏中的大神。

莫失莫忘：老大，快來頻道。

壯士你好白：陛下，快快出現！

過了幾秒鐘，溫不語：怎麼了？

壯士你好白：花魁對蘋果綠說想放棄儷好的角色，蘋果綠正巧和我們對劇本呢，沒關麥克風，於是就直播了……

溫不語眉鋒微揚，點開劇社的語音聊天室頻道，就聽到程綠疑惑的聲音從筆記型電腦配置的音響裡傳了出來。

「妳不是最喜歡這部小說？一個勁的慫恿我一定要拿到它的廣播劇版權，做夢都想配儷好。這會兒是怎麼了，怎麼突然不想配了？」

向小葵對這個角色有多執著，程綠最了解。當初《忘川》還在連載的時候，她就抱著手機天天追，後來小說寫到高潮，這丫頭哭得經常會頂著核桃眼去上課。得知她會爭取廣播劇版權時，高興得跟什麼似的，現在忽然要放棄已經到手的角色，程綠怎麼想都想不明白。

向小葵咬唇道：「我是覺得我現在還是新人，舊春光劇社裡隨便推舉一個女聲優都比我強，比我厲害，比我更會塑造人物性格。就是因為很喜歡這部小說，也知道妳們拿下這部版權有多困難，所以才不想因為我一個人而破壞了大家辛辛苦苦努力得來的成果。」

「妳還沒試過，怎麼知道會失敗？妳是不相信妳自己，還是不相信我們這些人的判斷？」

程綠雙臂環胸，說出的話一如既往的一針見血，插著耳機偷聽的「這些人」簡直忍不住想要起立為她鼓掌。

向小葵被程綠噎得有些說不出話來，「妳、妳該了解我的程度的。」

「我更了解妳為了得到這個角色，有多努力。」程綠凝視向小葵。半晌，似乎參悟了她究竟在想些什麼，程綠問：「那陛下怎麼辦？」

「關陛下什麼事啊？」向小葵迅速反問。

「別跟我裝傻，妳心裡那點心思別人不知道，我還能不了解？」程綠完全一副「我早就看透了妳」的眼神，平靜的說：「每天不聽陛下的聲音就睡不著，開心了聽他的劇，壓力大的時候聽他的劇，進這個圈子也是為了他，堅持了三年從默默無聞的小角色一點一點奮鬥成為有些知名度的聲優，都是為了離他更近一點……這些，我說的沒錯吧？」

沒想到程緣毫不避諱的當面把她藏在最心底的秘密說了出來，向小葵臉紅了。

「我當然還是會支持陛下啊！《忘川》做出來之後我也會聽的，這跟我之前對妳說的一點關係也沒有好不好？」向小葵注意到程緣明顯不信任的眼神，聲音也越來越小，分明底氣不足。

「說吧，放棄的原因……主要還是因為陛下吧？」

向小葵沉默了。

唉，有一個看一眼就能懂妳在想什麼的朋友，不知道是幸呢，還是不幸呢？

「告訴我，為什麼？」程緣又問了一次，表情也比剛才認真許多。

向小葵深呼吸，知道什麼都瞞不過程緣，只好從實招來：「其實，的確是有這方面的原因。」

「嗯哼？」程緣等著她繼續說下去。

向小葵站在程緣面前，頭垂得很低，像是做錯事等著挨罵的小孩子，「之前陛下的那次訪談，妳也聽過吧？如果他不說，我根本就沒意識到自己給他帶來了多大的麻煩。所以對陛下，我一直是覺得很抱歉的。」

「是他公然詆毀妳的好不好！妳有什麼好抱歉的？」程緣聽不下去了，說她護短也罷，她本來就不覺得向小葵在這件事上有什麼錯。

「可也是我先做了很過分的事啊！如果有一個我完全不認識的人，每天都開口閉口的和別人聊起我，每天在社群網站和論壇上標記我，我也會覺得很煩。」她試著站在對方的角度，設身處地的想一想，就很容易體會到對方當時的感受了。

向小葵沉吟了一下，接著說：「我崇拜陛下三年了，也不會因為這件事就放棄。只是我現在更懂得一件事……喜歡一個人的方式有很多種，如果我的感情讓他覺得不舒服，或者成為了一種負擔，那麼也就不配稱之為喜歡了。」

不得不說，饒是程綠這麼鐵心石腸的人，也被向小葵這番話觸動了。

程綠輕嘆：「所以，妳最後的決定就是這個？」

向小葵很抱歉的點點頭，「對不起，小綠，我也是猶豫了很久才下的這個決定。儷好不是非花小葵不可，但忘川一定是陛下的。和我搭檔的話，陛下一定會很尷尬，說不定他也不喜歡我來配這個角色，只是沒辦法跟你們開口而已。與其這樣，不如我先退出好了，反正我只要有陛下的新劇聽就很滿足了！」

「妳啊！」程綠恨鐵不成鋼的說：「自打放出溫不語來配忘川的消息後，妳知道多少聲優等著搶妳這個位置？妳怎麼就這麼傻，一炮而紅的機會不好好把握，竟然還主動放棄？」

「反正我胸無大志妳又不是不知道，進這個圈子也不是為了成為什麼大神。我不貪心的，總之陛下交了乾音後，小綠妳走個後門讓我先聽一下，我就感激不盡了！\\(≧▽≦)/」

向小葵的憂慮不會超過五分鐘，馬上就抱著程綠開始卿卿我我的撒嬌了。

「好吧，我會和莫失莫忘說一下。不過，他們要是不同意，可就不是我的問題了。」程綠無可奈何的說。

「小綠妳最好了！」

向小葵又纏上來了，程綠掙扎著避開她，然後餘光瞄到了洗版洗得排山倒海的聊天室頻道。看到自由模式前的燈亮起，程綠差點喊出聲，但最終她還是忍住了，向小葵臉皮薄，要是知道剛才那一大段「愛的表白」早就透過耳麥直播給這麼多聽眾，估計這次是真要退圈了……

程綠不著痕跡的蓋下筆記型電腦的螢幕，不過在這之前，她忍不住瞟了一眼。

團子大人【宣傳】：我家花魁簡直太善良了！根本就是天使！

金剛蘿莉小喵喵【美工】：感動死了！幸好我把這段話錄下來了，將來見到陛下一定要轉發給陛下聽，讓他知道我們花魁對他的愛有多深嗚嗚嗚～～～

壯士你好白【編劇】：他恐怕已經知道了……

團子大人【宣傳】：什麼？！難道陛下也在這裡？

莫失莫忘【監製】：剛才在的……花魁表白的時候……

看到這，程綠的手抖了一下，迅速蓋下筆電螢幕。

她這究竟是造了什麼孽啊！

程綠淡定的看了一眼彷彿卸下重任而面帶輕鬆的向小葵，在說與不說之間徘徊。最後，她咳了咳，說：「那個，小葵，我有件事也要跟妳坦白。」

向小葵還不知情，問：「什麼事？」

「就是……妳進來之前，我不是和莫失莫忘他們聊劇本嗎？」

向小葵點頭，「我知道你們今天約好了。」

「我想告訴妳的是，我們聊的時候是用語音，麥克風是開著的，所以……」程綠噙了口口水，第一次覺得說句話也這麼艱難，「我們剛剛的對話，可能都被他們聽到了。」

向小葵大腦已經呈現一片空白，然後——

「啊啊啊啊！天啊！他們都聽到了？我們都說什麼了小綠！啊啊好丟臉啊！」

「這還沒完……」

「……」

程綠凝望著向小葵此時壯士就義一樣十分悲壯的表情，狠心說：「陛下之前也在群組裡……所以大概……他也都聽到了……」

聽完程綠的噩耗，向小葵眼冒金星，已經要暈了。做人能做到她這麼丟臉的，也屬少見了吧？真是天要亡她！雖然她知道小綠一定不是故意的，但是陛下不知道啊！剛剛那些話現在一想，她都覺得好「聖母」啊，還這麼巧開了麥克風讓陛下聽到……

陛下一定會覺得，她是為了討好他所以故意這麼做的吧？

「小葵，妳沒事吧？」程綠看到向小葵微微泛白的臉，有些擔心。

不想程綠自責，向小葵苦笑著搖搖頭，自我揶揄：「沒事啦，大不了就去社群網站上向陛下道個歉好了。反正在他心裡，我的形象已經很差了，也不在乎更差一點啦！不過經過這一次，陛下一定會對我印象深刻了，這應該算是意外收穫吧？呵呵……」她好想哭哦！\(ToT)/

安撫了下程綠，向小葵最終還是打開社群網站。

懺悔的花小葵：雖然是陰錯陽差，但還是做了一直不希望做的事。如果煩到你，真的對不起，以後不會了。

發完訊息，將手機關機扔到一旁，向小葵鴕鳥似的將自己藏在被子裡。

這下好了，她再也不用擔心陛下的反應，因為不管如何，陛下恐怕都不會想和自己合作了……

向小葵縱然具有樂觀精神，這會兒也笑不出來了。

一直被小心翼翼隱藏起來的心情，突然一下子被全世界知道了，這種轉變來得太迅猛，她一時間還接受不了。

不過，此時除了向小葵之外，其他人的反應就各不一樣了。

莫失莫忘私下和程綠聊了一下，決定還是暫時不要撤掉向小葵，等過了這段時間，再和她談一談。而壯士你好白和團子大人他們，則是默默的去發了訊息。

壯士你到底白不白：花魁對陛下真的是真愛。（感動）

進擊的團子：如果這樣陛下還討厭花魁的話，那就真的天理不容了ToT

之前花魁和陛下的事情在圈子裡鬧得沸沸揚揚，後來陛下那次專訪之後，花魁就停止發一切有關陛下的訊息，就連粉絲的留言都不回了。可想而知，這些粉絲在嗅到了一絲八卦氣息之後，充滿求知欲的小火苗剛燃燒起來，卻立刻被當事人掐滅了，那種心情真是抓耳撓腮都形容不出來的。

現在向小葵又發了一條明顯涉及到陛下的訊息，只是寓意不明更讓人好奇。

發完那條訊息，向小葵就下線了，不過幸好，和當事人熟識的幾位大神也發了差不多的訊息，粉絲立刻精神一振，迅速轉移陣地，對壯士你好白等知情人士進行了一番狂轟濫炸似的盤問。

93L：花魁不會又表白了吧？到底要犯幾次花痴才能完啊？

105L：我也覺得花魁對陛下是真愛。光看這一年多每天打卡一樣的標記陛下，就真沒人比得過了。

333L：我就想知道陛下的反應是什麼……兩個人不是要合作了嗎？

745L：同想知道陛下反應。

888L：女追男什麼的好有愛！

1243L：不知道你們為什麼這麼愛黑花魁，我覺得他們配CP也不錯啊，陛下比花魁大好多吧？蘿莉大叔什麼的……（口水）

1834L：我就看看，我不說話。

壯士你好白看到這評論的陣勢也有點驚了，除了偶爾發劇會得到這麼多關注，平時她發訊息也就幾個好友會在下面和她聊上幾句。

那句話說的真對，每個平凡人的身體裡都長著一顆愛八卦的心啊！

壯士你好白還不知道要不要回覆解釋一下，正在瀏覽站上其他訊息的時候，畫面最上方忽然彈出一條一秒鐘前剛剛發出的訊息——

溫不語：**懺悔中的花小葵**妳很好，不用說對不起。很期待和妳的合作。

這條訊息一經發出，果然評論下面就鬧騰起來了。這種敏感時期溫不語不僅真身爬上來，破天荒的發了一條訊息，甚至還光明正大的標記一下女主角。粉絲一下子就不淡定了，評論轉發噌噌的漲，壯士你好白那條訊息和這條的勢頭比起來，簡直小巫見大巫。

1L：終於坐到了陛下的沙發，哭得不能自已……

99L：我一定是看錯了，陛下怎麼會發訊息呢！/(ToT)/

483L：三年了啊！陛下終於回來了！

857L：我是花魁的粉，也因為花魁才喜歡上陛下的聲音。我只是想知道，陛下發這條訊息的意思，是不是已經說明不討厭花魁了？

3427L：究竟發生了什麼！花魁本人發完訊息，舊春光的元老也發了差不多的訊息，就連陛下都時隔三年出現了，我好想知道啊！

5760L：難道不是在為新劇炒作嗎？怎麼都這麼巧同時發訊息？

5762L：樓樓上你什麼意思？陛下還需要炒作嗎？想刷存在感也不要用這種方式好嗎？

6590L：給 5760 的勇士一個鍋蓋，本人預測你已經不能完好離開了。

壯士你好白在電腦這邊闔上吃驚而張開的嘴巴，點開和溫不語的私聊。

壯士你好白：陛下，發訊息的人是你吧？

溫不語仍是簡短又精湛的回答：嗯。

壯士你好白：陛下，微臣有一句大不敬的話，不知當講不當講？

溫不語直接發來一個符號：？

壯士你好白：您老這些日子是不是吃錯藥了啊……

溫不語：……

壯士你好白擦擦汗，她真的和那些人一樣好奇啊！

溫不語因為工作忙的關係已經很久不出現了，即便出現也只是上來和他們聊個兩、三分鐘就離開。上一次那個專訪還是那個壽星聲優拜託了多少人才找到溫不語，之前合作的時候舊春光欠了對方一個人情，實在推託不開，溫不語才答應在歌會上出現十幾分鐘。

然而這一次，溫不語竟然主動找上莫失莫忘說想要配《忘川》，雖然原話是「最近不是很忙，找個角色給我隨便消遣一下吧」，但他可是大神中的大神啊！聲優中的太上皇啊！隨便給個角色那怎麼可能！

眾所周知，溫不語很討厭宣傳，就算這麼多人喜歡他，他還是一直很低調的做自己的事。他出道成為大神那一年，社群網站這個工具還不算很流行，等大家都開始用的時候，他就已經隱退了，溫不語貼出訊息的數量多少年來都維持在個位數。

肯定沒有人想到，今天，倒是向小葵間接打破這個保持了多年的紀錄。

短短十幾分鐘，評論高達一萬多條，恐怕只有溫不語才能造成這樣的轟動場面。

而當事人卻極為平靜，平靜得跟沒事人一樣。

溫不語發訊息給壯士你好白：妳知道她的聯繫方式嗎？

壯士你好白裝傻：她？誰？

然後，溫不語就不說話了。

壯士你好白簡直不能忍，這是求人的態度嗎？一點都不積極！就算不說點好聽的話，至少也態度誠懇一點嘛！

心裡抱怨著，但她還是把向小葵的通訊軟體帳號發給了對方。

溫不語：收到了。

說一聲謝謝會胖五公斤嗎喂！壯士你好白獨對電腦暗垂淚，真是不能更心酸。

★ ★※★※★※★ ★

前一天晚上很早就關手機的向小葵，全然不知道社群網站上已經吵得沸沸揚揚。因為昨晚半夜才睡，所以今早起床之後腦袋就嗡嗡嗡的響個不停。堅持了一上午，最後還是挺不住，她向導師請了半天的假，一個人回宿舍休息去了。

向小葵躺在床上翻來覆去，怎麼都睡不著，只能又灰溜溜的爬起來，打開電腦，想找一部陛下之前的廣播劇來聽。

打開網頁時，她想到自己昨晚發的訊息，順手登入進去。

今天的校園網路格外的順暢，第一時間就彈出了系統消息——

9821 條新評論，11291 位新粉絲，20192 條新標記我。

向小葵以為自己看錯，只是發了一條訊息而已，她還沒那麼大的影響力吧？她連忙揉了揉眼睛，的確沒多看一位數出來啊！

在這同時，標記她的訊息數量還在不斷增加。

向小葵以為出什麼大事了，於是戰戰兢兢的一一點開。然後，看到溫不語標記自己的訊息，向小葵大腦瞬間當機……

陛陛陛……陛下竟然發訊息了！還標記她了！

更重要的是，陛下不僅沒有抱怨，反而還說她很好！

怪不得她一下子多出那麼多粉絲，評論仍舊是一邊倒，但不是像之前那樣罵她，而是劇情完全反轉過來，竟然都在——鼓勵她。

陛下果然是一個十分厲害的風向標，他指向哪裡，眾人就被吹向哪裡。

向小葵也終於明白什麼叫愛屋及烏了，溫不語的眾多粉絲對她先進行了一番精密細緻的人道主義關懷，其次提出好多類似「妳和陛下何時有姦情的」、「陛下什麼時候再發訊息」、「陛下這次是正式復出嗎」等問題，亟待她來回答。

向小葵此時很想咆哮：其實我知道的也不比你們多好嗎！請不要人人一副「她和陛下之間好像有什麼不為人知的秘情，所以她一定什麼都知道」的口吻好嗎！這些問題我也很想找個人問問啊！

想到了什麼就去做，向小葵一直是行動派。

向小葵點開通訊軟體，剛剛登入，還來不及找莫失莫忘摸清情況，就聽到提示音響起來——

溫不語添加您為好友。

向小葵看到後驚喘了一聲，然後一隻手捂住胸口的位置。

別這麼嚇人啊……她已經開始心律不整了……/(ToT)/

第四章

盯著那條系統消息足足五分鐘，向小葵才確信今天發生的一切都是真的。

陛下添加她為好友了……真的不是來罵她的嗎……

向小葵舉棋不定，但最後仍是抵擋不了與偶像親密接觸的誘惑，點了添加好友。

再然後，整個世界就安靜了。

……怎麼說也是陛下先主動加她為好友的吧，可為什麼陛下不說話呢？

向小葵思考了下，一分鐘之內想像出了N種陛下為什麼不搭理自己的原因，想到最後整個人都變得垂頭喪氣。

難道陛下還在生氣，所以等著自己主動開口道歉？

後來她注意到陛下加自己為好友的時間竟是幾個小時以前，原來是她自己想太多。(￣▁￣|||)

可能每個人都會這樣吧，遇到自己喜歡或者很在乎的人，就會容易胡思亂想，把原本簡單的事情搞複雜。向小葵在心裡狠狠唾棄了一下自己，但馬上又被「該說什麼作為開場白」的問題困擾著。畢竟是自己有錯在先，如果先道歉的話，陛下應該不會再跟她計較了吧？

她猶豫再三，在心裡組織了一下句子，然後謹慎的打字打出來：陛下，昨天的事情很抱歉，希望沒有打擾到你。不過說放棄儷妤的角色的那些話，是真的，我……

向小葵的話還沒有打完，陛下的頭像忽然亮了起來，下一秒，發來一段簡短的語音。

向小葵覺得自己的心臟好像都不能正常跳動了，手哆哆嗦嗦的控制滑鼠點開那段語音，中途失敗了好多次——

「妳好，花小葵。」

一如既往的惜字如金。

可那聲音——

真的是美呆了！

陛下我是你的腦殘粉！ToT

向小葵從沒想到會和陛下成為朋友，哪怕只是網路上的朋友。

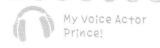

就好像一直很遙不可及的人突然出現在自己的面前，那種激動的情緒是可想而知的。

更重要的是，大神還叫了她的名字……

溫不語的聲音很有特點，磁性中帶著一點慵懶的沙啞，每一個字從他口中說出就彷彿一塊隕鐵經過烈火的淬鍊，堅硬的鐵壁被紋刻出獨屬於他的圖騰，被賦予了主人豐富飽滿的性格和風度。

向小葵臉紅心跳，就算是聽了三年陛下的聲音，這一刻，她還是再次嚐到了怦然心動的滋味。

向小葵開口，想回話的時候才發現自己竟然緊張到嗓子發不出聲音來，她暑假打工面試時可都沒這樣過呢！和陛下使用語音交談，她也不知道該說什麼，還是打字好一些，怎麼說也是陌生人。

花小葵：陛下，你好。^o^

見她打字，可能以為她不方便，溫不語也不再使用語音了。

溫不語：嗯，妳好。

聽不到陛下聲音，真是有點遺憾呢……不過，把聊天紀錄截圖也可以啊！這可是她和陛下親密接觸過的證據！

溫不語：真的決定不配儷好了？\\(≧▽≦)/

花小葵：是啊，怕自己會掌握不好這個角色。

她總不能說自己是為了避開陛下才這樣做的吧？雖然他應該已經知道原因了。

溫不語回得很慢：我覺得妳應該再考慮一下，莫失莫忘說妳是最適合的人選。

向小葵面對電腦螢幕咬脣，不知道要怎麼回陛下。她當然很希望配這個角色，只是怕陛下會介意，而且和陛下合作的話，她也怕自己會緊張而表現不好。

猶豫了一會兒，向小葵剛打一個字，溫不語那邊又發來一句話：不要因為無關緊要的原因，放棄自己的堅持。

無關緊要的原因，他是在說他自己嗎？

向小葵的臉有些發熱，因為沒想到溫不語會特意加自己好友，就為了告訴她其實他並不介意和她做搭檔。

花小葵：謝謝陛下，我會好好考慮。o(∩_∩)o

過了兩分鐘，溫不語才回了一個微笑表情。

向小葵忽然想到，這個時候應該是上班時間吧？

花小葵：陛下，是不是打擾你上班了？

溫不語：沒有。

向小葵鬆了口氣。

溫不語：在開會。

向小葵：……

怕打擾到溫不語，向小葵道別後就匆匆下線了。直到關上電腦，她才發覺自己整個人好像在雲彩上飄一樣，發生的一切都好不真實。

與此同時，坐在會議桌前的男人收起手機，抬首，看到左手邊的助理張著嘴巴吃驚的望著自己。下面的人還在滔滔不絕的辯論，這頭的厲清北俊眉微揚：怎麼，有意見？

接收到厲清北的眼神，助理連忙低頭假裝看資料，其實心裡還處於震驚當中啊！

——老大抱著手機專注發簡訊的樣子真是……

——嗯，那句話怎麼說的來著……認真的男人最性感。

另外兩個室友回到宿舍的時候，敲門也沒有人開，用鑰匙打開房門就見到向小葵坐在自己的床上，痴痴傻傻的笑。兩人對望一眼，別是生病把腦子病出殘疾來了？

室友們把外帶的晚飯放到向小葵眼前的桌子上，她這才回過神，笑嘻嘻的向室友說謝謝，然後發現程綠沒回來，她疑惑的問：「小綠呢？」

「選修課結束後就被謝教授叫到辦公室，進行愛的教育了。」室友如夢似幻的說。

向小葵：「……」怎麼聽著有點容易想歪呢？

室友嘆氣：「謝教授一看就是被程綠拿下了，今天連白襯衫男神都沒來，看來以後的選修課是越來越不好玩了啊。」

向小葵納悶的問：「什麼白襯衫男神？」

室友像看怪物一樣的眼神拋過來，「就是選修課上一直坐在第一排的男生啊！不知道誰上課的時候拍了一張他的照片放到校園網，女同學都瘋了，瘋狂回帖，他現在已經晉升學校新男神了。」

向小葵無語，她承認厲清北的皮相著實不錯，但他可是會在網上買一箱Durex的怪蜀黍啊！

雖然這麼想，但向小葵還是忍不住好奇，吃飯的時候用電腦登入校園網。

果然，第一頁第一個帖子就是。她點開，一張照片赫然入目——

他背光而坐，午後的晚霞模糊了他過於深邃的輪廓。額頭、眉骨、鼻梁和薄唇，描繪出他的側顏，映襯著那一絲絲柔和溫暖的光，斂去了身上最後一點鋒芒。

就好像，靜默之中開出最勾魂攝魄的繁花。

瞬間，向小葵理解了女生為何對他趨之若鶩。

晚上六點多的時候，程綠才回來。向小葵看到她眼眶紅紅的，好像是哭過了。還好宿舍裡的兩個室友都出去和男朋友約會了，向小葵湊到程綠面前，關心的問：「謝教授欺負妳了？」

程綠似乎一怔，片刻後搖了搖頭，「我不欺負他就很好了。」

那個人，對誰都超Nice的，怎麼會主動去欺負誰？

對於這個答案，向小葵一點都不意外，不過她還是很好奇程綠和謝慕堯之間究竟有什麼糾葛。

「我和他……」知道向小葵憋好久了，程綠沉吟，說：「在搬來這座城市之前，我家和謝慕堯家是鄰居。我暗戀了他七年，在要升大學的那年向他表白，不過被拒絕了。」

程綠說得雲淡風輕，可聽在向小葵耳朵裡就相當震撼了！

一直知道程綠是說一不二、敢想敢為的性格，卻沒想到她膽子可以大到這個地步——十幾歲就跟大自己好多的哥哥表白……

換作是向小葵，她是怎麼樣都不敢的，如果被拒絕了她一定會很傷心，尤其兩人還是鄰居，以後相處起來該多尷尬。

她這輩子還沒向哪個異性表白過呢？哦不，除了陛下之外。

「所以，他現在浪子回頭，回來追妳了嗎？」

程綠沉默了一會兒，隨即聳聳肩，很瀟灑的說：「誰知道呢？反正我已經Move on了。」三年多了才出現在她面前，她才不相信他是來和她破鏡重圓的。

聞言，向小葵的表情略顯失望。

程綠見她這表情笑了笑，沒好氣的拍了一下向小葵的腦袋，「妳是小說看多了吧！還有，謝慕堯要為學校來年招生做一部宣傳片，這幾次讓我去辦公室也是請我幫忙。有這個經驗對以後找工作填履歷很有好處，我就答應了。下次上課我要把提案拿給他，到時候妳陪我一起去？」

知道程綠不想單獨面對謝慕堯，作為姐妹淘，這個時候當然要分擔一下了！向小葵義不容辭的點點頭。

「對了，小綠，我有件事也要告訴妳。」向小葵忽然做出嚴肅臉。

「什麼事？」程綠也認真起來。

「我覺得我還是接下儷好的角色比較好。」向小葵對著程綠羞澀的眨眨眼睛。

程綠的眉頭皺成川字，被向小葵看得有點發毛，「接就接了，妳臉紅什麼？」

「因為……今天陛下加我好友，親自來開導我！」

哎呀～想到和陛下對話她就覺得好幸福！^o^

程綠過了最初的驚訝後，剩下的是滿滿的鄙視，「所以說，我和莫失莫忘、團子大人他們勸了妳這麼多天，都不如溫不語對妳說一句話來得有用？」

「呃……(⊙o⊙)」

★　★※★※★※★　★

謝慕堯對程綠有沒有進行愛的教育，向小葵不知道，但程綠的確是對她進行了一番愛的教育，被前暗戀對象折磨過的女人果真是太可怕了……ToT

陪程綠去學校餐廳吃完晚飯，向小葵回到宿舍後第一時間就打開電腦，爬上了網。

一進語音聊天室頻道，看了一眼人數，縱然將近一千人，她如今也只是微微一笑。都和陛下聊過天了，再大的風浪她都承受得起了好嗎！

進入聊天室時，團子大人他們正在聊天，向小葵插上耳麥，興沖沖的插話打招呼：「童鞋們，我來啦～」

頻道寂靜了一秒鐘，團子大人疑惑的問：「花魁中樂透了？怎麼樂成這樣？」

「嘿嘿。」向小葵也想控制一下下的，可那種從內心裡散發出的喜悅是難以壓制住的，她美滋滋的說：「是一件比中了樂透還要高興的事。」

「難道是陛下跟妳表白了啊？」團子大人隨口道。

向小葵在打字區上發了一個羞澀的表情，對著電腦捂著嘴巴笑。對面的程綠目睹這一切，再次搖頭表示了一下鄙視。

團子大人尖叫聲隨之傳來：「不會吧！我不會真的說中了吧！」

金剛喵喵顯然也很關注：「表白了？真表白了？什麼時候表的？快跟我們說說啊！」

打字區那些沒有開麥克風的粉絲此時也開始瘋狂洗版——

「真的假的！陛下竟然會表白！」

「花魁最近走狗屎運了啊！」

「我也想要陛下的表白……TUT」

「快直播！線上等！」

「偶沒白蹺班上聊天室啊，竟然聽到了如此震撼的八卦……」

向小葵美得跟什麼似的，這樣在頻道裡說會不會覺得她是在炫耀啊？

不過，她真的是在炫耀啊！

「沒啦，只是陛下今天加我好友了，還讓我考慮重新接劇的事。」向小葵嚴肅的解釋。

「天辣！竟然真的勾搭上陛下了！」這是團子大人的驚呼。

金剛喵喵也連忙說：「我們要看證據！截圖！還有把陛下的通訊軟體帳號發到打字區上來！」

莫失莫忘粗獷的男聲夾雜在眾女聲之中，顯得有些弱弱的：「陛下最近好像很忙，我私下為劇的事敲他很多次都沒回我。花魁妳確定加妳的人真的是陛下嗎？」

他的擔心也不無道理，通訊軟體的帳號又沒有透過嚴格的認證，隨便改個名字就能冒充陛下了。

不過，她可是有親耳聽到陛下的聲音呢！

那種充滿蠱惑誘人的聲音，全世界恐怕再找不出第二個人來。

不過向小葵還來不及解釋，頻道裡忽然傳出悠揚低沉的男聲，像是木槌敲打在古老的編鐘上，發出嗡嗡的震盪。

「是我本人。你們不要嚇她。」

話落，頻道裡再也沒有人發言，打字區上也間歇性的停止了洗版，不知是不是都被陛下突然的出聲驚倒了……

向小葵驀地覺得有些窒息，臉頰瞬間通紅一片。

不僅是因為又聽到陛下的聲音，更是因為陛下那充滿保護者姿態的話……

不知怎的，她腦海中忽然出現一幅畫面——

夜微風，清絮飄送，那人一身白衣纖塵不染，蕭索凜然，風吹動衣袂，身影顯得倨傲而孤獨。此時，他低下身來，不顧白袍傾灑一地，將哭泣的女孩護在懷裡，略微笨拙的輕聲呵哄，修長乾淨的手指揩下她眼睫的淚珠，對著她吃驚的面龐，眉目彎彎，極盡溫柔的一笑。

向小葵覺得程綠說得對，自己一定是看小說看得太多了，陛下只是說了一句再尋常不過的話，自己卻腦補了這麼多，真是沒救了……o(*///▽///*)q

過了半分鐘，頻道裡此起彼伏的傳來尖叫聲，打字區也洗版洗得極快，快到根本看不清眾人都寫了什麼。

莫失莫忘是頻道裡極少數的男性之一，平時和陛下熟識，所以也有點受不了這些人的大驚小怪。他咳了一聲，說：「妳們這樣生猛會把陛下嚇跑的。」

果然，頻道裡再次安靜了。

莫失莫忘顯得很滿意，半是調侃道：「妳們看花魁就很榮辱不驚，這樣才會得到陛下的好感嘛！」

向小葵弱弱的坦白：「……其實我是激動了一下午，現在叫不出來了而已。」

莫失莫忘：「……」

「呵呵。」耳麥中傳來陛下清幽的笑聲。

然後，頻道裡的妹子血槽又空了一次！

說這麼大膽的話，向小葵也有點不好意思。她之前在社群網站上表白什麼的完全是單機版，覺得就算陛下看到也只當她是眾多粉絲中的一個而已。現在卻不一樣了，兩人加了好友，還聊過幾句，她忽然覺得兩人的距離拉近了，也不是陌生人了。

不過，她現在很確定陛下已經不討厭自己了，這真的是非常值得慶祝一番！

頻道裡又開始傳來交談聲，向小葵卻沒心思聽了，陛下難得出現，她好想找他聊天啊……可是又有點不敢，怎麼辦？QUQ

「小葵。」溫不語突兀的叫她的名字。他說話的時候頻道裡沒人敢出聲，只聽他用非常慵懶閒散的語調說：「我拉妳進我的私人頻道。」

「……啊！好的！」向小葵捂住胸口，因為太訝異陛下竟然主動找她聊天，而忽略了陛下對自己的稱呼。

程綠見向小葵臉通紅，就差冒煙了，於是很不厚道的笑出聲。不過向小葵這時候也已經顧不上這麼多了，毫不猶豫的退出之前的頻道，對陛下發來的邀請點了同意。

向小葵進入後的第一時間，溫不語將頻道加了密碼。原本也想要跟進去的團子大人他們晚了一步，就被拒之門外了。

「這兩人竟然真的偷偷去開房聊天了！」團子大人悲憤道。

金剛喵喵也吃驚：「這兩人什麼時候開始這麼姦情四射了！」

莫失莫忘慢條斯理的提議：「妳們……要不要發訊息控訴一下？」

團子大人：「對啊！這個方法我怎麼沒想到！還是莫莫最陰損了！」

莫失莫忘：「……」

向小葵已經退出之前的頻道，所以全然不知這些人的陰謀。不過在溫不語邀請她進私人頻道後，收到好多人的私敲，大多數都是要求偷聽或者錄音什麼的。

因為溫不語的頻道裡只有兩個人，沒那些人嘰嘰喳喳，一下子就顯得很尷尬了。

她還沒想好說什麼打破沉默，溫不語倒先開口：「下午跟妳說的事，決定了嗎？」

向小葵怔了一下，才明白他指的應該是配劇的事。

「決定了，我還是想配儷好，而且能和陛下合作……」不好意思當面說什麼是我夢寐以求之類的話，所以向小葵隱去了後半句，說：「只是剛剛還沒來得及跟莫莫提。」

「嗯。」溫不語聲音淡淡的：「挑戰越大，對妳來說就是一種磨礪，下一次，不要再這麼輕易放棄自己想要的東西。」

「嗯吶！」陛下連講大道理都這麼動聽，果然是大神級。

突然，向小葵聽到耳麥裡傳來刷刷的聲音，似乎是紙張發出來的。

「陛下，聽莫莫說你最近很忙？」

「還好，公司最近有一個企劃案要審批，在做可行性分析調查報告。」

「那陛下這麼忙，怎麼還接新劇呢？」雖然不太懂，可是聽起來好專業啊！

溫不語停下筆，輕笑了一聲：「配劇是興趣，也算是解壓的一種方式。我總不能把所有時間都奉獻給工作。」

本以為向小葵還會和自己聊這方面的話題，誰知她開口卻說了一句完全不著邊際的話。

「陛下，你不要笑好不好？」

「為什麼？」溫不語覺得奇怪，細膩的尾音也隨之上揚。

「就是……」向小葵委屈道：「夜深人靜的……會流鼻血啊……」

真是太有殺傷力了好嘛！(>_<)

溫不語微怔了一下，隨即被她逗笑了，「妳確定要和我合作嗎？」

「啊？」

「如果確定的話──」他波瀾不驚的說：「那從今晚開始，妳就要好好的補血了。」

和溫不語沒聊太久，畢竟人家不像她是個清閒到不行的大三生，而且陛下的工作似乎很繁重，如果跟小說裡寫的一樣，一個工程動輒幾千萬幾百億的，那她可耽誤不起。

敲定了後天和大神對戲，向小葵就退出了私人頻道，躺在床上抱著MP3戴著耳機，不過她已經完全聽不下去了，腦袋裡不斷循環著大神方才的笑聲，就這麼甜甜的進入夢鄉。

★　★※★※★※★　★

第二天向小葵只有半天課，她計畫回宿舍看看劇本，但剛走出教室就接到向一凡的電話。

「緊急呼叫！」這是向一凡的開場白，「剛過完節快遞根本忙不過來，好多客戶都在投訴了，小葵妳今天下午不是沒課嘛？快來幫我送幾件！」

「你怎麼知道我沒課？我……」

向小葵想編個理由拒絕，卻被向一凡無情的打斷：「妳的課表就貼在我的辦公桌上，所以別想糊弄我。」

「……」

向一凡冷靜提醒：「小綿羊……」

因為還不起小綿羊的補償款，向小葵和向一凡進行了兩方友好磋商，她會在向一凡實在忙不過來的時候，「錢債肉償」。

向小葵咬牙：「向一凡，我要和你驗DNA！」

「沒問題。」向一凡痛快答應，「但今天先幫我送完這單快遞再說。對了，東西不多，妳坐公車來公司就行，送貨地址是鼎盛世家，正好和妳學校順路。怎樣妹子，我對妳好吧？」

「……」真是好到一點也不像是親、哥、哥、呢！

向一凡的快遞公司熬過了最初的過渡時期，現在已經開始忙了起來，每天收的件也在逐漸遞增，兩個人時常會顧不過來。

向小葵幫向一凡送了幾個距離公司不遠的快遞，然後抱著鼎盛世家的小包裹乘坐公車回學校。她提前兩站下了車，誰知公車剛走，天色就陰沉下來，沒一分鐘，一聲驚雷過後，雨點啪嗒啪嗒的就落了下來。

於是，鼎盛世家的管理員就看到了這樣一幕——

天上的烏雲劇烈翻騰著，時不時夾雜著電閃雷鳴，朦朧而暗沉的雨霧當中，緩慢走來一個纖細的身影。長髮及腰，烏黑的髮尾貼合在瘦削的身上不斷滴答著水珠，懷中似乎抱著什麼東西，微低著頭，看不太清楚臉長什麼樣子，而此時那人正腳步虛浮的朝自己這邊走來。

管理員想起五分鐘前自己讀的那本恐怖小說，裡面的女鬼似乎也是這身裝束，在雨中的夜晚出現，懷裡抱著一個人頭……

越想越恐怖，而那「女鬼」還真的往自己這邊走來！管理員牙齒開始打顫，左手不禁握緊了防身警棍，右手攥住辣椒水，整個人進入備戰狀態，瞪大眼睛目不轉睛的注意著「女鬼」的行蹤。

「女鬼」經過傳達室的時候，腳步突然停了，管理員心裡咯登一下，腿險些軟了。

只見她慢悠悠的轉過身面對自己，停頓一秒鐘後，抬起森白纖長的手，敲了敲傳達室的窗口。

「咚咚咚。」

「女鬼」慢鏡頭一般的抬起頭，露出紅脣白牙——

「大哥，有快遞！」

「＊&$#＊……」

管理員特別想飆髒話，要不要這麼敬業啊！打雷下大雨的還送快遞，送就送吧，跟演恐怖片似的，差點把他嚇得尿褲子！

不過他是絕對不會承認從頭到尾其實都是自己嚇自己！

見管理員大哥在裡面發愣，向小葵又敲了敲窗戶，「大哥，收下快遞吧～」

管理員綠著臉打開窗戶的玻璃，問：「誰家的！」

「1608。」向小葵笑咪咪的露出白牙。

「自己去送！」管理員說完，扔電梯卡像扔支票一樣高冷，隨後毫不留情的在她面前關上了那扇窗，心裡碎唸：上次女扮男裝，這次裝神弄鬼！妳還能不能再重口味一點啊！

向小葵再一次被管理員無情的打擊到了，欲哭無淚。

拿著那張濕漉漉的電梯卡刷到了十六樓，敲門，等待1608的主人來開門時，向小葵的腳下已經形成了一灘水漬。

沒多久，厲清北就來開門了，見到門外的向小葵，也被她這落湯雞模樣驚悚了一下。

不過男人今天沒半裸了，下半身穿著亞麻色的休閒褲，布料很有垂落感，更襯得一雙腿筆直修長。上半身穿著白色的襯衫，領口最上面的兩顆釦子解開著，性感鎖骨若隱若現。

男人是如此的乾淨俐落，細小的部位都極盡精緻。相比之下，更顯出她的狼狽。

看到厲清北，向小葵也同樣略帶失望的垂下眼睛。為了他，自己都淋成這樣了，竟然一點福利也不給，小氣！

想著，做出一副哀怨臉，她遞上懷裡被護得很好的包裹，「簽字吧！」

厲清北挑眉接過，在收件人簽字那一欄瀟灑的簽上自己的名字，筆鋒鏗鏘有力。

向小葵拿回單子後，一言不發轉身走向電梯，一副不願多做交流的樣子。

厲清北恍恍惚惚的關上門，剛把快遞包裹扔在玄關，身後的門鈴又響了，轉身打開門——

向小葵站在門口，雙手合十，小貓一樣眨巴著烏溜溜的眼睛，「男神，借把傘給我吧！」

都說女人變臉像翻書，但厲清北還沒見過能翻這麼快的。前一秒鐘還挺傲嬌的，好像自己欠了她幾百萬似的，下一秒就求饒狀，可憐兮兮的。

男人垂眸，搖搖頭，似乎頗為無奈，可眼底分明迅速閃過一抹笑痕。

厲清北後退了一步，聲音清冽低沉：「進來避避雨吧。」

向小葵也不知自己怎麼就走進了厲清北的家……

好吧，她承認她是太好奇這隨處刻著錢錢錢字樣的公寓究竟是長什麼樣的，更何況是被學校女生奉為男神的家，她真的很想看看啊！ヽ(▔▽▔)ノ

「妳先找個地方坐著，我去拿毛巾給妳。」厲清北掃了她一眼，全身濕答答的，再加上身形瘦小，很像被主人扔在路邊的小寵物。

厲清北說完就回房間了。向小葵當然不敢隨便坐，誰知會不會坐一下就坐出巨額欠債來。

她像是逛大觀園的劉姥姥，左右張望，看到新奇事物的時候眼珠亮亮的。

怪蜀黍的公寓好大，裝修風格是簡約派，就是線條和色調偏冷硬了一點。客廳中間的茶几上擺放著一臺筆記型電腦，螢幕還亮著，地毯和茶几上散落著各種文件，洋洋灑灑占去了四周大半的地方。一看就是已經在工作的精英，怎麼會去上謝教授的課呢？向小葵覺得納悶。

隱約察覺到背後有一道灼熱的目光在注視著自己，向小葵轉身。厲清北此刻十分隨意的靠在牆壁旁，左手手臂上搭著乾淨的毛巾和衣服，右手端著一杯熱水，正似笑非笑的看著她。

「對我的房子還滿意嗎？」他低聲問，薄脣輕輕勾了起來。

意識到自己剛才如村姑一樣的舉動被男人看在眼裡，向小葵也很難得的害羞了，雙頰有些熱，口齒不清的說：「就是……好奇嘛。」

「好奇？」厲清北慵懶的問。

「這裡的房子好幾十萬一坪呢，聽說就算是買房也要先出示一下資產證明，五千萬以上才允許來參觀！我這輩子恐怕都吃不上豬肉了，難得有機會，見識一下豬跑步也好啊！」

「所以……」厲清北凝視她的目光異常溫柔，「妳把我這裡當作豬窩了嗎？」

「……」日月可鑒，她真的沒這麼想啊！

厲清北長腿兩步三步走到她面前，將手臂上的衣服給她，「去換了吧，應該合妳的體型，浴室裡有吹風機，先把頭髮吹乾，然後出來喝杯熱水。」

換、換衣服！？

向小葵雙目圓瞠，如果現在她才意識到孤男寡女共處一室這個問題，會不會太遲鈍了一點？TAT

厲清北沉默了一秒，聲音陡然危險起來：「妳沒必要用這種眼神看著我。」

這句話，好熟悉啊……通常在言情小說裡，男主角好像都會被女主角純潔而又無害的眼神挑逗到，然後小腹一熱，再然後，進行一場風飄搖雨也飄搖的船戲……

「什、什麼眼神……」向小葵嚥了口口水，慌亂的後退了一步。

看她現在就差雙手護住胸口了，厲清北咬牙：「一副『你是變態，請千萬不要看上我』的眼神。」

「這個……」向小葵愣住，弱弱的請教：「真有這麼明顯？」

厲清北的臉色忽明忽暗，在商場上久經風雨的他，此時也難得說不出話來。

向小葵在浴室換好衣服，沒想到真的很合身。衣服上還掛著吊牌，都是英文，她看不懂。這應該是他女朋友的衣服吧，會不會很貴啊？(>_<)

當她打理好自己從浴室出來的時候，雨已經停了。

聽到腳步聲，站在陽臺窗邊的厲清北轉過身，精銳深邃的目光掃過她全身，向小葵頓時有些侷促，手腳也不知道該放在哪裡。

他適時收回視線，斂住那抹小小的驚豔。

「趁現在雨停了，我先走了。」萬一一會兒再下雨的話，就真的走不了了。

厲清北沒多做挽留，送向小葵走到門口，她忽然停了一停，轉過頭問：「這衣服……」

「下次見面的時候再還給我吧。」

沒說要送她這套衣服，向小葵反而鬆了口氣。就算對方是暴發戶，她也不想占對方的便宜，尤其是異性之間。

搭公車時，車上有空位，向小葵也不敢坐，萬一在椅子上蹭到什麼洗不掉的東西就不好了。

雖然衣服很漂亮，穿著很舒服，但向小葵卻一路戰戰兢兢的回到宿舍。室友和程綠看到穿新服的向小葵吃了一驚，尤其室友看到衣服上的標籤，那一聲尖叫真是讓她倍感壓力。

還是趕快洗乾淨供起來吧！ /(ToT)/

★　★※★※★※★　★

第二天，向小葵吃完晚飯就守在電腦前，在語音聊天室裡有一搭無一搭的和團子大人他們聊天，實則等陛下出現等得很心焦。

七點時，陛下的頭像準時亮了起來。知道陛下進了頻道，向小葵想打招呼，可陛下沒開口自己就興沖沖的打招呼，好像有點太厚臉皮。

正糾結時，陛下帳號前的小燈變成了綠色。

「小葵，劇本都看了嗎？」

向小葵這一次終於注意到陛下叫自己什麼，心撲通撲通亂跳起來，幾乎淹沒了頻道裡的聲音！

團子大人也第一時間表示了抗議：「陛下是直接無視了我們，只看到花魁了嗎！」

壯士你好白笑了一聲：「陛下要不要這麼赤裸裸啊？嘿嘿～～」

被她們調侃，向小葵的臉都紅了，可是怕陛下會尷尬，連忙把話題接過來：「那個，陛下，我都

「看完了，現在就可以——啊嚏！」

瞬間，頻道寂靜了。

一個沒忍住，打噴嚏的聲音好大……

嗚嗚，好丟人啊……在自己喜歡的人面前……她不活了啊啊啊！ToT

溫不語低低的聲音傳來：「感冒了？」

「嗯，昨天淋了點雨，然後就感冒了……」向小葵鼻音很重。

「宿舍裡有沒有藥，或者薑之類的東西？」溫不語沉聲問。

「沒有。而且不敢吃藥，會很想睡，明天還要上課呢。」

此時莫失莫忘也抗議：「喂！你們要不要這麼旁若無人啊！要不自己開個房間去聊家常啊！」

金剛喵喵連忙制止：「別！請讓我等凡人多欣賞一會兒陛下的聲音吧！」

任頻道裡的人如何調侃，溫不語都不說話了，帳號前面的小燈也顯示灰暗狀態。

沉默中，團子大人不確定的問：「陛下不會生氣了吧？」

向小葵也怕溫不語會不高興，剛點開他的頭像想私敲他，忽然耳麥裡又傳出他的聲音。

「抱歉，剛去辦點事，我們繼續。」

知道陛下沒有介意，所有人都鬆了口氣。

向小葵的嗓音狀態不太好，溫不語提議只對一小部分對手戲就好。對戲進行了二十分鐘，忽然向小葵的手機響了起來。

「抱歉，我接個電話。」摘掉耳麥，看到螢幕上是陌生號碼，她將手機湊到耳邊，「你好。」

「您好，向小葵小姐嗎？」對方的聲音中規中矩，很有禮貌。

「是我。您是？」

「我這裡有您一個快遞，請到樓下取一下。」

快遞？向小葵一頭霧水，看了一眼手錶，都這個時間了，怎麼還有人送快遞？

不過在學校裡，應該不是騙子吧……

「哦好的，請等我一下。」

向頻道裡的人打了聲招呼，向小葵穿著拖鞋就下了樓。

女生宿舍樓外，除了一個西裝革履的年輕男人之外，沒看到什麼送快遞的小哥。

向小葵更加確認這是一個惡作劇，因為她最近根本沒在網上買什麼東西啊！剛轉身要上樓，西裝男人忽然擋在自己面前，很公式化的微笑說：「請問，是向小姐嗎？」

聲音的確和剛才電話裡的一樣。

不過，究竟是哪家高檔的快遞公司？連工作服都是手工西裝啊……

向小葵有點暈。@o@

第五章

「啊，我是向小葵，但你確定東西是給我的嗎？」越看對方越像某保健食品公司的推銷員，不過怎麼會推銷到學校裡來？

「沒錯，就是給您的。」西裝男笑著說。

即便對方這樣說了，向小葵還是不敢接，她謹慎的問：「不是……貨到付款吧？」

她現在可是身背小綿羊欠債的窮人啊！爾等不要把歪主意打到她的頭上來！

西裝男明顯愣了一下，注意到她防備的眼神，想笑又怕她會更尷尬，於是好脾氣的解釋：「放心吧，我真的只是送快遞的。」

說完，趁向小葵腦袋還沒轉過彎來，他俐落的將袋子放到她手上，轉身頭也不回的坐進停在不遠處的ＢＭＷ。

……是ＢＭＷ啊！

同樣是送快遞的，差距怎麼就那麼大呢？人家送快遞開的是ＢＭＷ，而她是靠自己的十一號公車——用走的！這個讓人痛心的世界啊！

向小葵被深深的打擊了，有氣無力的/(TOT)/拎著沉沉的袋子上了樓。

回到宿舍，她一打開袋子，更加覺得不可思議了……袋子裡面有各種感冒藥和喉片、一袋黑糖，更重要的是還有切好放在密封袋裡的薑絲！最奇特的居然還有一臺全新的快煮壺……

學校宿舍一般都是嚴格控制用電的，到了夏天因為宿舍會開空調的原因更是慘絕人寰，稍微用電量大一些的電器都會跳電。所以這個節能省電型快煮壺真的是……好貼心……

可是，是誰送來的呢？知道她感冒的人不多，難道是哥哥？

向小葵癟癟嘴巴，第一時間就否定了這個猜想，向一凡那傢伙已經在虐妹的道路上越飆越遠了，根本不會回過頭來跟她互敬互愛的好嗎！

也不可能是小綠，因為都住同一間宿舍，何必大費周章還找人送快遞過來。

想來想去，忽然靈光一現，她剛剛在頻道裡說自己感冒的事，不會真的是群組裡的朋友們吧……

向小葵心情複雜的戴上耳麥，頻道裡傳出莫失莫忘和團子大人他們聊天的聲音，似乎陛下現在不在，或者只是沒開自由模式。

「你們……誰送東西給我了嗎？」向小葵試探的開口。

團子大人問：「什麼東西？」

聽這個語氣，應該不是團子大人。

向小葵說：「就是剛剛有人送快遞給我，有感冒藥和黑糖、生薑什麼的……」

「有料！」壯士你好白驚叫一聲，八卦之火迅速燒了起來：「快直播是哪位追求者這麼貼心，第一時間送藥給感冒中的花魁，而且還不留姓名！」

「誰！」

「快八！」

團子大人和壯士你好白異口同聲的問，語氣簡直是在逼供，可見女人八卦起來有多可怕。

「咳咳。」沉默許久的溫不語開口：「東西是我送的。」

一陣長久的寂靜後——

團子大人：「先讓我順一順劇情。」

壯士你好白：「也讓我冷靜一會兒先。」

金剛喵喵：「等我回下血。」

莫失莫忘：「好奇花魁現在是不是已經激動得暈過去了……」

坐在電腦前的向小葵沒有量過去，只是……傻掉了而已。

「陛、陛下……」她很小聲的問：「那些藥什麼的……」

她還沒有問完，溫不語低沉略微沙啞的聲音從耳麥裡傳來，宛如在吟唸一首古詩：「怕吃藥的話，可以煮薑糖水驅寒。我想妳們宿舍應該會有舍監查房，送刀什麼的給妳會不太方便，所以提前把薑切好了。還有，薑用冷水熬，水開後轉小火，趁熱喝，不要因為怕熱所以等它冷掉，會沒有效果。」

宿舍裡寂靜無聲，耳畔嗡嗡的迴盪著溫不語的聲音。

低啞、深沉，彷彿一隻無形的手緊緊攫住她的心臟，慢慢的揉捏著，熱血在每一條血管中翻騰著，心跳快得幾乎要窒息……

向小葵又看了一眼被切得工工整整的薑絲，好像每一根都用尺量過，彷彿能夠想像他站在廚房裡一絲不苟的切著薑，柔和溫暖的燈光蘊著他的側顏……

沒想到連這些，他都細心的幫她想好了，甚至還能猜到她不吃藥並不是怕睡，而是怕苦。

如果之前盲目的崇拜只是因為太喜歡他的聲音，那麼現在，經過接觸和了解，陛下在她的心中變得更加鮮活，也更加——

讓人無法抵擋了。(>_<)

頻道中傳來團子大人他們抽氣的聲音，畢竟鮮少有機會能聽到陛下一口氣說這麼多話。

向小葵還不知道該如何道謝，對方送來的東西其實都不貴，但最重要的是心意，這才是讓她真正感激的。

她私敲了一下溫不語，已經不好意思說話了，所以打字發過去——

「謝謝陛下，感動到不知道說什麼好了，總之就是謝謝謝謝！QAQ」

很快，溫不語回了一段語音：「今天先到這裡吧，下線後先去煮薑水喝，知道嗎？」

那種微微寵溺又溫柔的聲音是怎麼回事？！

她還是病人啊！不要再讓她流鼻血了好嗎！ToT

「陛下。」向小葵很認真的打了一句話發給他：「做你的粉絲，我很榮幸。^o^」

並且，她會一直一直的喜歡下去。

另一邊，溫不語看到螢幕上那句話，脣邊的笑意越擴越大。

溫不語向頻道裡的人打過招呼就下線了，向小葵也跟著關掉語音聊天室，乖乖的跑去煮薑水。

看著水壺裡沸騰的薑水，心也好像跟它一樣一點都不淡定呢！

雖然只是小感冒而已，但空蕩蕩的宿舍裡只剩下她一個人，還是會感覺到……有點孤獨。可是現在，她看著薑絲會傻傻的笑，看著那些一直很討厭的藥都覺得嚐起來應該會很甜……

被一個人細心且認真的關懷著，好像再也沒有比這更幸福的事情了。

煮好了薑水，喝之前，向小葵忍不住用手機拍照下來，傳上社群網站。

心情明媚的花小葵：我有乖乖的喝薑水哦！o(∩_∩)o

她剛發完，瞬間就得到好多留言。

之前團子大人他們「控訴」她和溫不語的訊息引起了好多粉絲的關注，向小葵也成了被矚目的焦點。她還沒看完那些評論，馬上有人標記自己。

溫不語：**心情明媚的花小葵**喝完早點休息。（微笑）

陛下……竟然又轉發了自己的訊息！這一驚，向小葵差點打翻杯子。

溫不語的訊息一經發出，又是一陣排山倒海的標記和評論。

33L：驚現陛下第二次轉發花魁的訊息！

194L：竟然不是發新劇，而是和花魁調情！

423L：又一對新CP橫空出世了嗎……

1827L：這兩人……怎麼都想不到會走到一起啊……

2938L：陛下請好好呵護花魁！她還只是個少女！

果然大神的力量真強大，竟然沒有一條評論是批評她的。看著那些肉麻的評論，向小葵也笑了，

好像自從認識了陛下之後，自己一直都在走好運呢～～

★ ★※★※★※★ ★

第二天有謝慕堯的選修課，上課時程緣一直心不在焉的，向小葵能猜到她是在為一會兒和謝慕堯見面的事情發愁。

謝慕堯轉身寫板書的時候，向小葵抽空瞟了一眼窗邊的位置，是空的。

怪蜀黍今天沒來上課嗎？可能是有事耽誤了吧。向小葵想著，課桌下的手不自覺的摸向書包裡被疊得整齊的衣服。

時間過得很快，下課鈴聲一響，謝慕堯便率先走出教室。

程緣做了很多心理準備，她不想單獨面對謝慕堯，便拉著向小葵一起朝辦公室走去。

她敲了敲門，很快裡面傳來清潤乾淨的聲音：「請進。」

話音一落，向小葵彷彿看到身旁的程緣深呼吸了一下，才推開辦公室的門。

在辦公桌前埋首教案的年輕男人聞聲抬起了頭，脣邊蓄著淺淺的笑意，只是目光掠過程緣身後的向小葵時，笑容一凝。

向小葵無語，她知道自己是個電燈泡，但有必要把嫌棄表現得這麼明顯嗎！作為點亮自己、燃燒他人的老師，這樣做真的「大丈夫」嗎？

辦公室裡安靜得連掉一根針都能聽到，謝慕堯認真的過目程綠交上來的企劃案。

十分鐘後，他才抬起頭：「大體設計得不錯，但有些創意還是略顯老套了一點。」

程綠皺了下眉，然後見謝慕堯看了一眼手錶，轉而說：「不過現在到吃飯時間了，這樣吧，我請客，我們邊吃邊聊。」

程綠嘴角抽搐了一下，向小葵也拚命忍笑，約人就約人吧，用這麼蹩腳的理由還不如直接說。

果然，程綠很不給面子的扭過頭，「不去。」

謝慕堯似乎一點也不意外，只是有點頭疼該怎麼軟化一下程綠的硬脾氣。

正僵持著，辦公室的門忽然被人推開。向小葵轉身，對上來人的黑眸，立時愣了一下。

怪蜀黍今天穿的真是……*ω*

好帥氣！

厲清北一走進謝慕堯的辦公室，立刻就感受到了詭異的氣氛。

程綠只是淡淡的看了他一眼，便傲嬌的繼續看窗外風景；謝慕堯站在她的對面，一臉束手無策的苦相，令人頗為同情。

而辦公室裡的另一個人……

X光一樣的眼神掃過厲清北的全身，長相清秀甚至稱得上算是小清新的女孩子，對一個男人做出這種垂涎欲滴的表情，真是讓人說不出來的詭異。

厲清北有點淡淡的頭疼。

「怎麼了？」厲清北站到向小葵身旁，低聲詢問。

兩人此時站得很近，近到能清晰的嗅到怪蜀黍身上的菸草味和淡淡的古龍水味道。向小葵利用距離優勢，又細細的打量了一遍厲清北——

合身精緻的西裝，裡面搭配筆挺的藍黑色襯衫，身姿偉岸，一身的精英風範，不得不承認怪蜀黍無論是這一身裝扮還是白襯衫，都帶給人風格完全不同的視覺衝擊力。

唔，如果打上領帶的話就更完美了，一身禁慾氣息什麼的……o(*//▽//*)q

看在厲清北男色滿分的分上，向小葵好心回答他：「謝教授想要請小綠吃飯……噢！」

她被小綠偷偷踹了一腳……(>_<)

「那個……想和程綠同學探討一下宣傳短片的事。」謝慕堯的欲蓋彌彰非常沒有底氣。

還能不能更矬一點？厲清北用眼神嫌棄謝慕堯，後者則回他一個苦笑。

看來，還是需要他出馬啊！

「正好，我剛開完會還沒吃飯，大家一起好了，人多熱鬧。」

厲清北說完，趁所有人尚未反應過來的時候，一隻手忽然抓住距離他最近的向小葵……的書包背帶，輕鬆拖著還沒緩過神的她走出辦公室。

「喂！」程綠想阻止的時候，那傻丫頭已經被連人帶包的綁走了……

——那人是誰啊！沒吃飯關我們什麼事！

程綠氣憤的看向謝慕堯，對方卻溫溫柔柔的朝她笑著，語氣無奈：「這下沒辦法了……」

「哼！」程綠扭頭就走。

於是，謝慕堯擔任司機，四個人就這麼氣氛詭異的開向距離學校最近的餐廳。

一路上，向小葵用譴責的目光看向厲清北。起先男人只當沒看到，但她這麼孜孜不倦的刷存在感，厲清北只好懶懶的掀開眼皮，透過後視鏡看向坐在後座的向小葵。

接收到怪蜀黍的眼神，她也毫不退縮、勇猛正義的和他對視？

那自然不是。

兩人對視了一秒鐘後，向小葵便怕怕的移開了視線，目光四下游移。

坐在副駕駛座的厲清北忍笑。

到達目的地後，餐廳經理親自將他們四人請進了包廂。

向小葵掃了一眼菜單，淡定的說：「我吃什麼都好，你們點吧。」

她優雅的闔上菜單，心中卻暗暗吐槽：菜單有必要設計得這麼高檔嗎？明明是一間中式餐廳，菜名卻沒一個是中文，真的有人來吃嗎？

厲清北瞄了她一眼，也跟著將菜單拿開，冷靜的說：「慕堯，你經常來吃，還是你點吧。」

這種賣弄的機會，自然要留給主角。

他話音稍落，向小葵就立刻用革命戰友一樣灼灼的眼神看向他。

——蜀黍，其實你也不懂英文是吧是吧！

謝慕堯點了很多菜，尤其以海鮮為主，向小葵和程緣做了三年姐妹淘，自然知道程緣是最喜歡吃海鮮的，謝教授的意圖簡直是赤裸裸的攤開了！

用餐過程中，伴隨著謝教授的不斷示好——

「小綠，這家咖哩蟹做得很不錯，妳以前不是很喜歡吃咖哩……」

「現在不喜歡了。」程綠波瀾不驚的打斷。

謝慕堯沒有生氣，好脾氣的將夾在空中的蟹肉轉了個圈，放到了自己的碟子裡，隨後又剝了一隻蝦，再接再厲道：「蝦也很新鮮，妳嚐一下。」

程緣抬起頭，紅脣輕啟，似乎還想拒絕，但目光觸及到謝慕堯充滿歉意的眼神，原本強硬的心牆似乎一瞬間就塌陷了一角。

「哼！」

沒拒絕啊……

謝慕堯似是受到了鼓勵，眼底滿滿的蘊含著滿足的笑意。

向小葵咬著筷子看著這一幕，感覺周圍都瀰漫著好多粉紅泡泡……

思緒正飄忽著，眼前忽然閃過一個黑影，她低下頭，看到自己的碟子裡赫然出現一隻剝好的蝦。蝦被剝得很完整，上面蘸著紅彤彤的醬汁，跟一件婉約派的藝術品一樣。

向小葵奇怪的看向對面的厲清北，男人則是垂眸，未表露任何情緒的安靜。如果不是他正擦著手指上的醬汁，向小葵真的以為蝦子是自己脫掉衣服，跳進她的碟子裡……

用完餐，謝慕堯理所應當的結了帳，聽到經理報出的那個數字，向小葵的小心臟撲通了一下。偷偷的用手肘碰了碰身邊的程綠，程綠不明所以的看過來。

向小葵擠眉弄眼：暴發戶呢，還是個高知識分子，好好把握啊姐姐！

程綠緊鎖眉頭，顯然沒看懂她的眼神。向小葵嘆氣，真是遲鈍星人！釣金龜婿什麼的這麼宏偉的目標，顯然要靠自己來實現了！o(￣ヘ￣o＃)

不過某人顯然忽略了，現在她身邊就有一隻現成的金龜……

「向小葵？」

「嗯？」聽到有人叫她，向小葵下意識答道。

「我衣服是不是還在妳那裡？」

耳畔傳來低低沙啞的聲音，似乎連呼吸都近得可以感受到。

——嗯……嗯？納尼！

向小葵向後退了一步，厲清北則直起身子，挑眉望著她。

厲清北的聲音不大不小，完全沒有要遮掩的意思，向小葵意料之中看到身邊的程綠已經呆掉了。

——不不不，小綠妳聽我解釋這……

「所以，帶我去拿吧。」

接下來，百口莫辯的向小葵再一次被怪蜀黍連人帶包的綁架了。

兩人走出餐廳，清風徐徐。

厲清北鬆開了手中拎著的書包背帶，向小葵終於重歸自由。她偷瞧了一眼身旁高頎的男人，眼神憤憤，心想：幹嘛故意說那種曖昧的話嘛！還把我當貓咪似的拎來拎去……

厲清北不知有沒有察覺到她的情緒，邊走邊開口：「慕堯和妳同學的事，妳是知道的吧？」

——哼！不理你。

「慕堯放棄了在電視臺工作的機會，來學校教學，就是為了妳同學。雖然他不說，但是我知道他很後悔那時候沒有接受妳同學的表白。所以這個時候……」厲清北低下頭看著兀自生氣的向小葵，忍俊不禁：「妳就不要做電燈泡，耽誤妳同學的幸福了。」

向小葵氣著氣著，到後來就不氣了。她也能感覺到程綠對謝教授並不是全無感覺，做姐妹淘的自然也希望程綠能找到一個可以託付終身的人。

其實怪蜀黍要衣服什麼的，也只是找藉口製造機會給那兩個人相處吧。

餐廳距離學校並不遠，兩人選擇散步回學校。

天氣有些悶熱，走到一半時，厲清北就脫掉西裝外套，將它搭在手臂上，一身暗黑色系彰顯優雅穩重，那自身散發的氣場和學校裡那些未出茅廬的「騷年們」簡直不是同一個Level的……所以，越臨近學校，進進出出的同學才都會以那種很敬畏的目光看著他吧！

向小葵很不習慣惹人注目，她走到校門口的時候突然停了下來，翻了翻書包，拿出疊得整齊的衣服，說：「那個，我已經洗過了，你女朋友應該不會介意吧？」

厲清北看也沒看她手中的東西，「我還要去趟公司，拿著這些不方便，下次妳再給我吧。」

下次？

不過想想也是，一個大男人大晚上的拿一袋女人的衣服，不知道的還以為他有異裝癖呢～～

「哦，好吧。」

厲清北黑眸漸深，彎唇道：「下次見。」

「呃，下次見。」

回到宿舍，向小葵迫不及待的打開電腦，登入語音聊天室，但是一直等了將近一個小時，都沒看到陛下上線，反而等到了程綠。

「嗨，小綠！」向小葵打招呼。

程綠沒理她，眼神有些躲閃。向小葵覺得奇怪，從床鋪上跳下來，跟在程綠身後。

程綠沒料到她在自己身後，可能是心虛，轉身和向小葵撞到一起的時候立刻尖叫了一聲。

向小葵捂住耳朵，一頭霧水的看著有點反常的程綠，關心的問：「小綠，妳怎麼了……還有妳嘴巴這裡怎麼……」

她還沒說完，程綠大聲打斷她：「我跟謝慕堯那傢伙才沒有接吻！」

向小葵張大嘴巴，一秒鐘之後汗涔涔，「我只是想說妳嘴巴下面好像被蚊子叮了而已……」

程綠耳根子紅了一片，「……」

嗅到八卦的氣息，向小葵興致來了，剛要問些什麼，程綠就扠腰如母夜叉似的質問她：「我還沒問妳呢！說，和那個厲清北怎麼回事！」

——小綠妳岔開話題的功力和謝慕堯一樣爛啊……——Ⅲ

不過，向小葵還是把自己和厲清北如何相識的事情向程綠轉述了一遍。可能是之前厲清北很懂事的帶著向小葵離開，給程綠留下了好印象，難得程綠沒有毒舌。

程綠沒說什麼，走到桌子那邊想倒杯水，卻看到向小葵放在那裡的水壺和藥什麼的。

「這是什麼？」

終於問了啊！向小葵淚流滿面，陛下貼心的送藥給她，這麼值得八卦的事情沒有人分享簡直太殘酷了！

於是，向小葵全然忘記今晚該交代的人是程綠，自己反倒滔滔不絕的坦白了好多事。

聽完後，程綠皺起眉頭。

「怎麼了？」向小葵不解。

「妳難道不好奇……」程綠說：「陛下是怎麼知道妳的地址和電話號碼的嗎？」

「……」(⊙o⊙)

程綠一句驚醒夢中人。

是啊！陛下是怎麼知道她的地址，還這麼快聯繫到人為她送藥過來！

向小葵憂愁了，默默的回到電腦面前等陛下上線。

半個小時後，陛下的頭像終於亮了。向小葵像餓狼看到了肉，眼睛一亮。

花小葵：陛下～～

溫不語很快也發來消息：還沒睡？

花小葵：沒呢，一直等陛下上來，想問陛下一個問題。

溫不語：什麼？

花小葵：就是……陛下怎麼知道我的地址的？（好奇）

溫不語沒有立刻回答，向小葵也沒有催促，她想陛下一定還在忙工作上的事。

幾分鐘後，溫不語回答她：我有朋友是駭客，能查到妳那邊的IP地址。

向小葵恍然大悟：這樣哦，怪不得！謝謝陛下為我答疑解惑！\\(≧▽≦)/

然後……就沒再問了？

溫不語等很久都沒等到她再發什麼問題過來。

所以說，是真的信了？怎麼就……這麼好騙呢……

他想起剛才吃飯時，她看著謝慕堯為程綠剝蝦的表情，傻傻呆呆的。還有那種很羨慕又很為對方高興的眼神……不知是觸動了他的哪根神經，才會一時衝動也剝了一隻蝦給她。

厲清北輕笑著搖了搖頭，然後，修長的手指迅速敲打著鍵盤。

溫不語：明天晚上有時間嗎？一起對戲？

很快，向小葵回了一個哭臉給他。

花小葵：要去幫哥哥送快遞……QAQ

★　★※★※★※★　★

向小葵在向一凡的快遞公司裡忙碌了一下午，中途打了通電話給程綠，央求她好久，程綠才勉強答應幫她從謝慕堯那裡要來厲清北的電話。

一分鐘後，程綠將電話號碼發給了向小葵。

向小葵在心裡讚嘆，程綠果然是高效率，一邊發簡訊給厲清北：蜀黍，我是向小葵。一會兒你在家嗎？我把衣服送過去還你。

點擊發送之後，向小葵後知後覺的發現，自己竟然把心裡對厲清北的稱呼也發了過去。

不過很快，厲清北便回了她：好。

「呼……」向小葵鬆口氣，對方竟然沒介意。

結束快遞公司這邊的事，向小葵坐車來到鼎盛世家，經過傳達室的時候，準備和管理員大哥打招呼，對方卻在看到她的剎那將頭轉了過去，那姿態宛如一朵高嶺之花。

向小葵大大的汗了一下，難道還在記仇？

哭笑不得的走到一棟，在大門口按下了1608的按鍵，一陣輕快的等待音樂過去之後，向小葵剛要自報家門，才說了一個字，就聽到鐵門開鎖的聲音。

怎麼一個、兩個都這樣——""……讓她自報一下家門會怎樣啊摔！

乘電梯來到十六樓，向小葵看到蜀黍家的門竟然是開著的，她象徵性的敲了敲門，從某個房間傳來男人清冽的聲音：「進來。」

抱著衣服進了門，厲清北同時也從書房走了出來，看到她沒有意外，先是接過了她懷中的東西，然後拿起放在玄關處的鑰匙。

「跟我去個地方。」他說。

「啊？」向小葵恍恍惚惚的應了一聲。

不過主人都走了，她自然不能留在他家裡，跟著厲清北進了電梯，向小葵才開口問：「你要帶我去個地方？」

厲清北身高腿長，原本寬敞的電梯似乎因為他的存在顯得狹小了一些。他抽空垂眸看了一眼正迷糊的向小葵，好心的為她解釋：「有個朋友要賣小綿羊，妳前段時間不是丟了一輛？所以帶妳去看看。」

「咦？」這回向小葵倒是反應很快，「你怎麼知道我丟了一輛小綿羊？」

「管理員說的。」厲清北冷靜解釋，一點都不心虛！

「哦。」向小葵點點頭，一如既往的好騙。

兩人走出電梯，鼎盛世家為每一棟樓的業主配置的地下停車場異常空曠，一輛黑色越野車停在不遠處，異常醒目。

厲清北用遙控解開車鎖，隨後發覺向小葵沒有跟上來。

轉過身，看到她站在電梯門口那裡略微侷促的望著自己，兩隻腳也因為尷尬而蹭來蹭去，「我現在還沒錢買小綿羊……」

厲清北靜默了一會兒，面不改色的說：「怎麼說小綿羊也是因為我而丟的，於情於理我也該做點什麼。而且，只是去看一看罷了，妳不喜歡或者價錢無法接受，也可以選擇不買。」

這麼一說，向小葵就釋懷多了，心想：沒想到蜀黍是個這麼熱心腸的人，不去的話好像也太不識好歹了呢！

蹦蹦噠噠的來到越野車旁，然後向小葵就囧了。

這車怎麼這麼高呢……一百五十八公分的人生果然磨礪多多……\(ToT)/

以十分怪異的姿勢上了車，還顧不上覺得丟臉，向小葵立刻被車裡的內飾吸引住了。

第一次坐這種車，處處都覺得很新鮮。而且開在路上，她看著周圍的車都是矮矮的家用小轎車，心裡油然而生一種君臨天下的感覺！

所以說，蜀黍的喜好很符合自身氣質呢，連車都要比別人的高！

很快，厲清北熟門熟路的將車停在一家高級房車的經銷商門口，他剛下車，一個穿西裝的中年男人笑容滿面的迎了過來：「厲總。」

厲清北衝對方點頭，然後為向小葵介紹：「這是這家店的老闆，張老闆。」

向小葵揚起大家閨秀一樣的笑容，實則心裡已經哭瞎了！

——蜀黍你真的不是來逗我的嗎？你懂不懂什麼叫做窮啊……QAQ

簡單的交談了幾句，張老闆帶著他們來到店後面的停車場，夾雜在眾多汽車當中，一輛銀灰色的小摩托車占據了巨大的停車位。

「就是這輛了。」張老闆笑著說：「我女兒沒經過我同意偷偷買的，現在路上這麼危險，我不敢讓她騎這個到處亂跑，所以趕緊找人把它賣了。」

向小葵大大的鬆了口氣，她還以為蜀黍要她買那個名牌的車呢。

「還不錯。」厲清北簡單的看了一眼，輕聲問她：「喜歡嗎？」

喜歡是喜歡，但是——

「好像還是全新的呢，是不是很貴？」

她剛說完，張老闆連忙搖頭，「不貴不貴，我現在就想把它處理出去，便宜賣也沒問題的。」

「那……您打算賣多少錢。」

張老闆看了一眼向小葵身後的厲清北，猶疑了一下，說：「五萬吧。」

「五萬元？」向小葵嘆氣，果然是買不起……ToT

這時，厲清北不著痕跡的輕蹙了下俊眉。

「啊！我說錯了、說錯了，不是五萬，是五……千？」

「呃……」相差十倍也能說錯嗎？

見向小葵還是不說話，張老闆急得已經開始冒汗了，「那要不然……五百也行。」

真是的，他幾千萬的超跑都沒賣得這麼心驚膽戰過啊！

向小葵目瞪口呆，片刻後拉著厲清北走到角落，不確定的問：「蜀黍，這輛該不是贓車吧？」

厲清北嘴角抽了抽，瞪了一眼對面不斷流汗的張老闆，後者縮了縮脖子。

「應該不是。他應該只是怕女兒危險，想早點脫手而已，所以賣多少錢都無所謂。」

向小葵想一想也覺得有道理，對方有頭有臉的，應該也不差這點錢，賣贓車什麼的更不值得。

「太好了！這麼便宜的價錢買到這麼好的車！還給哥哥之後，就再也不用賣身給他送快遞啦！」

想到未來的幸福生活，向小葵的興奮之情溢於言表。

厲清北聽著不對勁，一愣，問：「不用送快遞？」

「是啊！現在被哥哥壓榨就是因為弄丟了他的小綿羊啊，我還給他一輛更新的車，就再也不用被他壓榨了！」無債一身輕，真是太美好啦！\\(≧▽≦)/

厲清北摸摸下巴，他倒是沒想過這個問題。

「妳別亂跑，我去打個電話。」

「嗯嗯！」向小葵點頭。

厲清北轉身，趁向小葵跑去看小綿羊的空檔，遞給張老闆一個眼神。後者領悟過來，和向小葵打了個招呼，小心翼翼的跟了過去。

向小葵正欣賞著小綿羊，沒過多久，張老闆腳步匆匆停在她面前，很抱歉的說：「向小姐啊，真是抱歉，我女兒不知從哪裡聽說我要賣她的車，打電話來又哭又鬧，所以……」

唉，就知道這麼好的事不會落在她頭上。向小葵無所謂的擺擺手，「沒關係啦，反正我們還沒有交易。而且五百塊這麼便宜，我買回去也會覺得不安心。」

聞言，張老闆更愧疚了，如果她不高興或者說幾句不好聽的話，他都可以接受。可是這樣幫他說話，反而讓他更不好受了。

等了一會兒，厲清北才出現，這時張老闆和小綿羊這時候已經不見了，向小葵站在原地，看起來有些垂頭喪氣的。

厲清北抿抿脣，走過去，佯作不知的問：「怎麼了？車呢？」

向小葵抓抓頭，「張老闆的女兒好像不太高興她爸賣車，所以就沒談成。」

「怎麼可以這樣？走，我們去找他！」厲清北怒了。

向小葵被他的氣勢洶洶嚇了一跳，慌忙拉住他，急道：「不用了，反正我也不是很急需啊～張老闆的女兒好像很喜歡這輛車，奪人所愛是會被雷劈的……」

厲清北收回腳步，凝視她，問：「不失望嗎？」

「是有一點。」見厲清北的薄脣抿成不悅的弧度，向小葵又說：「但也沒失望到要跟人家打架的地步啊！」

厲清北被她嚴肅又緊張的表情逗笑了，「我也沒說要找他打架。」這種事情，打一通電話就OK，不必自己動手。

「那就好。」向小葵拍拍胸口。

厲清北開車送向小葵回學校，仍舊將車停在學校門口。

「抱歉，事情最後變成這樣。」他先給了希望，再讓她失望。

沒想到厲清北會開口道歉，向小葵怔了怔，隨後笑著說：「沒什麼啦，如果換個角度想，我還省了五百塊，非常值得開心的好嘛～～」

厲清北注視著笑咪咪的向小葵，彷彿也被她樂觀的心情感染到。輕笑了一聲，他說：「那作為補償，改天請妳吃飯。」

「好啊！^o^」

和厲清北道別，向小葵打開車門，衡量了一下高度，乾脆直接從車上跳了下去，看得厲清北有些心驚肉跳的。走了幾步，向小葵又轉身跟他揮了揮手。

不知道她有沒有看到，厲清北眉宇間躍上一絲笑意。

★　★※★※★※★　★

和程綠在學校餐廳吃完晚飯，向小葵一如往常守在電腦前登入語音聊天室，一邊看壯士你好白新發過來的劇本，一邊時不時盯著溫不語灰色的頭像發呆。

「怎麼還不上線呢……」

正出神，忽然聽到提示音響起，向小葵反應很快的點開——

青雲一刀添加您為好友。

青雲一刀是很有名的聲優，擁有不少粉絲，之前就是他的生日歌會邀請到了陛下，然後才有了後來的事。

向小葵猶豫了一下，不過還是點了確定，都是同一個圈子裡的，拒絕對方好像不太好。剛剛和對方成為好友，青雲一刀就發來訊息。

青雲一刀：花魁，妳好。

花小葵：你好。（微笑）

青雲一刀：一直想找機會向妳道歉，沒想到拖到現在。

花小葵：道歉？

青雲一刀：就是上次陛下在我的歌會暗諷妳的事情，我沒想到主持人會突然提到妳，抱歉。

花小葵：沒事的，都已經過去這麼久了。

何況現在她和陛下還加了好友，更不會放在心上了。而且，陛下的那句話應該也算不上是「暗諷」吧……

青雲一刀：總之，跟妳道完歉，我也安心了。

花小葵：（微笑）

青雲一刀：聽說妳現在和陛下正在合作《忘川》，能和偶像一起配劇，一定很高興吧？

向小葵剛要回話，就接到了溫不語的私聊。

溫不語：幹嘛呢？

花小葵：和青雲一刀聊天。o(∩_∩)o

溫不語：青雲一刀？

花小葵：嗯啊～陛下忘了嗎？前不久陛下還參加了他的生日歌會～～

溫不語：我知道他是誰。

向小葵還沒來得及輸入，就看到溫不語發來：別理他。

花小葵：(⊙o⊙)

第六章

別理他。

她能不能將這句話當作……陛下在吃醋？

好吧，她知道自己又腦補過度了。o(*//▽//*)q

身為陛下資深腦殘粉，自然陛下說什麼她都會答應，剛準備關掉和青雲一刀聊天的對話視窗，對方卻孜孜不倦的不停發訊息過來。

向小葵為難了，這樣一直不理人家是不是顯得太高傲了一點？

青雲一刀：花魁，還在嗎？

向小葵猶豫了一下，回道：在呢。

青雲一刀：妳這麼久沒說話，我還以為妳下線了呢。對了，其實我這次來找妳還有一個最主要的目的，就是想邀請妳到我的新劇配個重要角色，可以嗎？

青雲一刀最近自己組織了一個社團，前一段招募社員的活動在社群網站上辦得很熱鬧轟動，向小葵也有所耳聞。不過，她現在還在忙著配《忘川》的事，再加上剛剛答應了陛下，自然不會接青雲一刀的劇。

花小葵：對不起，我們社團是不允許聲優私下接劇的。QAQ

過了一會兒，青雲一刀才回：花魁是不是不想和我合作？（大哭）

花小葵：怎麼會！青雲大大配劇這麼厲害，如果有機會合作我也會很榮幸的。

青雲一刀：哦？說說看我哪裡厲害了？

……他是在開玩笑，還是很認真的在問她啊……

花小葵凌亂了，但是礙於剛剛拒絕了人家，覺得抱歉，只好發過去幾句好話。

花小葵：青雲大大的聲音很萌啊，而且情感戲表達得很到位，每次聽都能讓我融入到劇情裡呢～聽大大的劇，我能學到很多東西。

請千萬別再問她從中學到了什麼，這麼官方的拍馬屁真的很費腦細胞啊……(>_<)

不知青雲一刀是不是聽到了她內心的召喚，終於不再追問了。

青雲一刀：妳真的不來跟我配這齣劇嗎？

花小葵：抱歉……真的對不起……

青雲一刀：好吧，打擾了。88

然後，青雲一刀的頭像就灰掉了。

總感覺對方和自己說的最後一句話很冷淡呢。

不過向小葵只是想一想罷了，反正也沒什麼交集，小插曲什麼的她很快就能忘記了。

倒了一杯水回來，沒想到陛下還在線上，向小葵忍不住就去騷擾了他一下。

花小葵：稟告陛下，和青雲一刀的聯繫已中斷，求賞賜。

溫不語：摸摸頭。乖。

看到最後一個字，向小葵腦補了陛下用寵溺音說這個字，於是……很不爭氣的臉紅了。

正當她一個人對著電腦犯花痴的時候，團子大人發來邀請，邀請她進入語音聊天室頻道，向小葵立刻點了同意。

「花魁，第一幕的乾音妳打算什麼時候交上來？這幾天我們已經開始研究宣傳活動了。」

「我都可以啊，不過也要配合陛下的時間，他好像每天都很忙。」向小葵說。

團子大人：「我們還沒問陛下呢，過會兒我和莫莫說一下，讓他和陛下討論討論。」

「呃，現在問不就行了嗎？」向小葵奇怪。

「什麼意思？」團子大人也愣了一下。

「把陛下拉進聊天室問問他不就行了？」幹嘛還費事等莫莫來問。

壯士你好白也開口：「陛下現在在線上了？」

「啊？不在嗎？」向小葵被問暈了，不確定的又去看了一下陛下帳號，頭像的確是灰的，但是通訊軟體卻是亮的啊！

向小葵一頭霧水，私敲了溫不語。

花小葵：陛下，我和團子大人他們在商量劇本的事情，他們還以為你不在呢～

溫不語：嗯，他們看不到我。

花小葵：(⊙o⊙)？

溫不語簡短的回答她：隱身對其可見。

隱身對其可見？

隱身對其可見！

媽呀，陛下對她隱身可見！也就是說，陛下的帳號即便是離線狀態，她也能看得到他在線上！這幸福真是來得太快了，一點心理準備都木有～/(ToT)/

沒想到連壯士你好白他們都沒得到陛下的特殊待遇，自己竟然成為了陛下不想隱身的對象。想想都覺得好幸福！

花小葵：陛下！我也要對你隱身可見！（握拳）

溫不語：好。

過了幾分鐘，花小葵跑來求助：陛下，為什麼我只能調到線上對其隱身呢？連臭企鵝都在鄙視新人嗎嗚嗚嗚……

厲清北再次產生了深深的無力感。怎麼就這麼笨呢？真懷疑她這二十幾年是怎麼平安度過的。

溫不語：妳要先隱身＝＝

花小葵：……

向小葵也被自己蠢哭了，都已經記不清自己是第幾次在陛下面前丟人了。

不過，丟人就像考試不及格，丟著丟著也就習慣了。

向小葵將溫不語拉到頻道裡，壯士你好白她們看到陛下立刻開始調侃。

「有問題哦～為什麼每次花魁都能第一時間知道陛下在不在線呢？」

耳麥裡響起其他人曖昧的笑聲。

溫不語十分冷靜的道：「我也是剛上來。好了，妳們要問我什麼？」

溫不語輕而易舉的將話題轉到自己身上，避免他們又拿向小葵開玩笑，不過向小葵還是感覺到臉頰火辣辣的……

正聊著，溫不語的手機忽然響了起來，「抱歉，接個電話。」

然後，聽到他摘下耳麥的聲音，手機鈴聲停了下來，他似乎走遠了一點，靜默中隱隱約約的傳來溫不語交談的聲音。那樣冷靜理智的聲音，時不時夾雜著她們聽不懂的名詞。殺伐決斷，果敢剛毅，是和他配劇時完全不同的語氣。

頻道裡的人似乎心有靈犀一般，誰都沒有說話，向小葵偷偷將耳機的聲音調到最大，像一個變態的偷聽狂一樣，對另一種生活狀態的溫不語充滿了好奇……

幾分鐘後，溫不語掛斷電話，戴上耳麥說：「好了。妳們剛剛聊到哪裡？」

我們根本什麼都沒聊，光偷聽你講電話了……向小葵在心裡默默的解釋。

壯士你好白輕咳了一聲，不疾不徐的說：「正聊到後期宣傳問題，我們打算在發劇的時候在網上辦一個接龍活動。」

向小葵崇拜心道：不愧是寫劇本的！連胡謅都謅得這麼有條理！偶像！

礙於他們這些人不是學生就是要上班的人，所以沒聊太晚就紛紛下線了。

向小葵和陛下互道晚安，才躺在床上，ＭＰ３裡播放著陛下早期的作品，可是最近聽這些劇的心態好像慢慢的改變了。以前是欣賞，用很單純的崇拜心情聽陛下的劇，後來自己加入到聲優圈裡，她就抱著學習的心態在聽。然而現在，原本可望而不可及的人忽然出現在自己的生活中，跳出了劇本的角色，讓她了解到一個聲優身分以外的溫不語。

一個，絲毫不會覺得失望，甚至比她曾經幻想過的還要厲害優秀一百倍的溫不語。

如今聽著他的作品，會油然而生一種驕傲的自豪感——

看！這就是她的大神！超讚超棒的！o(∩_∩)o

★　★※★※★※★　★

第二天，向小葵吃過午飯回宿舍沒事幹，打開了社群網站開始瀏覽。

看到很多條標記自己的提示，向小葵已經能很淡定的接受了，果然一個人的心理強大是需要不斷強化鍛鍊的。不過，當逐一點開時，向小葵卻愣了，不是她以為的大神消息，而是青雲一刀發的一條訊息被很多人轉發。

聲優青雲一刀：我知道我不夠厲害，但也是很誠懇的在邀請妳……既然覺得我配不上，為何還要心口不一的說這些話呢？

然後青雲一刀貼了幾張截圖放在上面——

圖1—花小葵：怎麼會！青雲大大配劇這麼厲害，如果有機會合作我也會很榮幸的。

圖2—花小葵：青雲大大的聲音很萌啊，而且情感戲表達得很到位，每次聽都能讓我融入到劇情裡呢~聽大大的劇，我能學到很多東西。

圖3—花小葵：對不起，我們社團是不允許聲優私下接劇的。QAQ

青雲一刀貼了昨天和向小葵的聊天紀錄，但是卻沒有貼全，而且還顛倒了截圖的順序。

連向小葵這種少根筋的都看得出來對方是明顯誤導粉絲，果然，很多人標記她都沒說什麼好話。

54L：貴圈好亂。連聲優界都開始搞劈腿了。

88L：前一陣子不還抱陛下大腿了？現在抱上了，又急著換人了？

324L：之前不都叫她心機女嗎？原來沒冤枉她啊～之前看陛下和她互動還覺得很有愛的，唉！

637L：果然不負「花魁」這個名字的含意呵呵～～

2182L：青雲大大別傷心，是她不配和你一起配劇！

4287L：大大我們會支持你的新劇的！這種心機女就忽視掉吧！

5211L：還沒見過哪個女聲優這麼主動的，這已經不是她第一次勾搭大神了吧？

6521L：她一貫的套路就是，先往死裡捧大神，得到關注後就開始刷存在感，沒看到她現在的粉絲都快十萬了嗎？還不是沾陛下的光！

總之，她越往下看，就看到越來越多人質疑自己。

青雲一刀是圈子裡的小神，也有很多忠實粉絲，那些粉絲見自家偶像在一個不相干的女人那裡受了委屈，自然怎麼刻薄怎麼來。向小葵也不知道自己是怎麼得罪了這位大大，讓他如此氣憤，害得自己無緣無故被這麼多人輪著罵……

為自己感到委屈，向小葵關掉社群網站，氣呼呼的把手機扔到一邊。

程綠還不知發生了什麼事，問：「怎麼了，誰惹到妳了？」

程綠的脾氣是那種眼睛裡揉不得半點沙子的，如果程綠知道，事情一定會越鬧越大。為了不想影響程綠的心情，向小葵說了句沒事，把事情蓋了過去。

下午放學回來，向小葵第一件事就是上社群網站關心一下事態的發展。

最近因為陛下的關係，向小葵一直站在八卦的風口浪尖上，爆出這件事後，轉發量真是相當的可觀。之前青雲一刀發布有關新劇或者開設劇團的消息，最多就幾百條的轉發，沒想到八卦她的訊息人氣能這麼高，快要有上萬人次的轉發和評論了。向小葵忽然有點不知道是該氣還是該笑。

向小葵剛登入通訊軟體，立刻收到團子大人她們的訊息。而且，還有這個時間不可能出現在網上的陛下的訊息。

溫不語：網站上那是怎麼回事？

見她沒回，許是猜到她在上課，溫不語又發來：上線後找我一下。

不知道為什麼，明明是覺得很生氣的事，在接受到陛下的關心後，好像鬱悶的心情瞬間煙消雲散了，反而有點小竊喜陛下會關注她的動態。

花小葵：陛下……

很快，溫不語就回她了：不是青雲一刀來加妳好友的嗎？

花小葵：是啊，我和他聊天的紀錄也不是這樣的啊……被陷害了……ToT

溫不語：妳打算怎麼辦？

還能打算怎麼辦？對方人氣比自己高，現在又是一邊倒的趨勢，就算解釋了也一定會被他的那些粉絲曲解，說不定還會被掐得更厲害！

花小葵：呃，反正被黑習慣了。我的經驗是一週左右，他們就會忘了這件事了。o(´□`)o

溫不語：息事寧人？

花小葵：嗯嗯！

過了一分鐘，溫不語發來語音，背景有些亂哄哄的，但是他低沉有力的聲音還是輕易的攫住她的所有感官。

「別擔心，交給我，我來解決。」

聽到溫不語的話，向小葵有些受寵若驚，雖然不知道陛下要做什麼，但是……

一直忐忑不安的心情，好像終於有了可以停靠的地方。

花小葵：好的，陛下我等你。o(∩_∩)o

陛下好像還沒回家，聽聲音應該是在外面應酬，向小葵不敢打擾，登入語音聊天室打發時間。

她剛一進頻道，就被團子大人他們逮住追問：「花魁，到底怎麼回事啊？青雲一刀為什麼發那種訊息啊？」

向小葵很無辜的說：「我也不知道啊，昨天和他聊了幾句而已，然後今天就被掛牆頭了。」

金剛喵喵說：「我看他是故意發那種訊息的，曲解別人什麼的，他不是最在行了嘛！」

向小葵還在狀況外：「呃，喵喵啥意思？」

團子大人：「小葵很少跟我們八卦所以不知道，青雲一刀做人簡直和他的名字一樣，特別喜歡在別人背後捅刀子。」

向小葵悟了，所以昨晚對陛下說自己正和青雲一刀聊天時，陛下才讓她別理對方的嗎……

壯士你好白突然插嘴道：「這件事陛下知道嗎？」

提到陛下，團子大人也來精神了，「對啊！陛下要是知道了，以他現在那麼寵愛花魁，絕不會袖手旁觀的。」

「妳不要瞎說啦，什麼寵愛……」向小葵不得不承認，自己聽到這裡真的好羞澀啊！o(*//▽//*)q

「嘖……花魁聲音都變了……」

「女人啊，口是心非，嘴裡說不要，其實很想要，嘖嘖。」

「就是！花魁和陛下有姦情已經不是一天兩天了，大家都看在眼裡，就不要欲蓋彌彰啦！」

「妳們這麼欺負花魁，小心陛下上來收拾妳們。」莫失莫忘調侃道。

大家你一言我一語的，好像都把青雲一刀的事情忘記了。

壯士你好白提醒：「我剛才上社群網站，事情好像越演越烈呢，訊息轉發就幾千條了，而且都是在罵花魁。我們要不要反擊一下？」
團子大人憤憤：「必須反擊啊！當我們團圓劇社都是病貓嗎！欺負花魁就要有被八的準備！」
金剛喵喵附和：「我可以找一些青雲一刀以前做過的極品事的證據，既然做了，一定要把他八得連他媽都不認識他！」
向小葵：「……其實，妳們可以先停一下……」
團子大人還在安慰她：「沒事啦花魁，這件事妳不用管，我們替妳出頭就行了，到時候出什麼事我們替妳扛！」
「不是……是、是陛下說，他會幫我解決的。」向小葵弱弱的說。
團子大人：「……」
金剛喵喵：「……」
壯士你好白：「……」
莫失莫忘還在得意：「看吧，我就說！這種時刻陛下必須第一個站出來英雄救美，妥妥的！」
接下來，向小葵接受了這些人無情的盤問，例如她是怎樣得到陛下的歡心，還有和陛下的地下情已經維持多久了等等……這些問題向小葵一個也回答不上來，因為她和陛下根本沒什麼不可告人的事嘛！不過，陛下對她是真的好，她平時是反應遲鈍了些，但並不是感覺不出來。
其實連她自己都很好奇，陛下對自己態度的轉變究竟是從何而來……

壯士你好白對溫不語相當了解，她說：「好了，這下不用我們出馬了，青雲一刀那種角色，陛下瞬間就能玩死他，我們只要等著看好戲就可以了。╮(╯▽╰)╭」

聞言，向小葵對著電腦捂著嘴巴笑，被陌生人冤枉甚至謾罵的壞心情早就一散而光了。取而代之的，是被一個強大的人保護著的那種很甜蜜、很安心的心情。

好像不管發生了什麼事，只要有陛下在，一切都會迎刃而解。

向小葵在群組裡和朋友們又聊了一會兒，然後接到溫不語的私敲。

溫不語：小葵，把妳和青雲一刀聊天紀錄截圖給我，包括他加妳的系統消息。

花小葵：哦，好！

向小葵連忙將自己和青雲一刀聊天的內容全部截圖，打包成一個資料夾發給溫不語。溫不語很快就接收了，然後再也沒有說話。

向小葵心裡忽然有些忐忑，陛下平時工作這麼忙，甚至忙到現在才回家，一回到家又要幫自己解決問題，這種感覺好像自己拖累了他一樣。

花小葵：陛下，如果你很忙的話，可以先不用管我，反正這也不是什麼大事。o(∩_∩)o

過一會兒，溫不語回她：沒事。還有，下次有人欺負妳，第一時間告訴我。

花小葵：呃？

溫不語：我幫妳欺負回去。

明明知道大神不是喜歡花言巧語的人，甚至從平時的接觸也能看出他是一個多麼嚴肅正經的人，所以當他說出這種話的時候，一定是很認真的在跟她闡明自己的態度。

也正是因為這樣，她才會……很感動很感動。

心臟，都快要跳出來了～～(>_<)

爆發這件事之後，好像每個人都很忙，不是忙著義憤填膺，就是忙著計畫反擊的事，唯獨向小葵這個當事人無所事事，吊兒郎當的逛論壇看八卦。

她看某個網友八卦自己的極品前男友看得正起勁，壯士你好白發來訊息：花魁！快上站啊！陛下這一擊真是漂亮！把我們都帥哭了！

向小葵也激動了，顫顫巍巍的打開社群網站，不管那些標記和評論，直接點開溫不語的訊息。

溫不語：她很笨，玩不來這些爾虞我詐。你如果想玩，我奉陪。

文字下面，貼出了溫不語整理的截圖，上面甚至標出了時間線，還有青雲一刀如何引誘向小葵說出那些好話的語言陷阱。

條理清晰，有理可證，壯士你好白的總結相當精準：真是瞬間就能玩死青雲一刀。

大神出馬，效果自然不同凡響。

謝微塵等前期十分大牌甚至沉寂已久的聲優，全部站出來轉發了溫不語的訊息，有的為向小葵說話，有的還八卦出青雲一刀曾經玩過同樣把戲的事，簡直堪稱年度逆襲大戲。

相比之下，轉發青雲一刀訊息的不是粉絲，就是地位不高、想要抱大腿的新人們。更何況，溫不語的粉絲團比青雲一刀強大了不止一、兩倍。所以，單是在人氣和氣勢方面，青雲一刀就完全沒有可比性。

這一仗，只是剛剛打響而已，青雲一刀就已經輸得慘不忍睹。

當然，也有青雲一刀的腦殘粉前來鬧事。

舞小白愛青雲：陛下不會也被那個心機女給耍了吧？能勞煩這麼多大牌替自己辯解說沒心機，我才不信！

很快，溫不語也轉發了這個粉絲的訊息，話語裡面透露著無理取鬧的霸氣側漏。

溫不語：人是我罩的。怎麼，妳有意見？

而這條訊息下，粉絲幾乎都快瘋掉了。

23L：看到陛下這句話，莫名產生一種「懷抱無理取鬧的小女友，冷傲的對眾人說：我慣的，怎麼樣！」的既視感。

323L：看到陛下這句話，簡直給跪了。

426L：男神，請收下我的膝蓋！

1672L：男神，請收下我的膝蓋！

2738L：男神，請收下我的膝蓋！

看到這裡，向小葵的心情已經無法用激動來形容了，她也很想對溫不語說——

男神，請收下我的膝蓋！\(ToT)/

雖然對陛下的崇拜因為這件事變得更加勢不可當，可向小葵卻感到奇怪，陛下向來很低調，極少參與到圈子裡的事，這次怎麼會為了自己而光明正大的跟青雲一刀宣戰？

忽然，向小葵想到了之前團子大人他們說的話，越想越好奇，於是跑去私敲了深知內情的壯士你好白。

花小葵：小白，陛下和青雲一刀之間是不是也有什麼淵源啊？

一分鐘後，壯士你好白回覆：妳不知道？

花小葵：知道什麼？⊙o⊙

壯士你好白：一句話解釋不清楚，我拉妳進私人頻道跟妳說。

很快，壯士你好白發來語音邀請，向小葵點了同意。

剛進頻道，就聽到壯士你好白問：「花魁，陛下沒跟妳說過上次採訪的事？」

「沒啊，採訪怎麼了？」

「原來妳真的不知道啊……」壯士你好白說：「這件事說複雜吧，也簡單。就是我們社團以前和青雲一刀合作過一次，那時候青雲一刀是一個老牌聲優的徒弟。我們籌劃了半年的一齣劇，其中一個配角的聲優突然得了氣胸，沒辦法配音了，那個老牌聲優就把青雲一刀介紹給我們，莫莫他們聽了青雲一刀的聲線，覺得他很符合那個角色，於是臨時邀請了他。」

向小葵聽過那齣劇，不過因為她只關注陛下，而且青雲一刀當時還是個新人，所以她沒怎麼注意過他。

「青雲一刀那時候好像還接了別的劇，時間很匆忙，我們這邊又很著急，所以莫莫又去和他談了幾次才談成，也承諾青雲一刀，如果將來有需要幫忙的地方，舊春光一定會還他這個人情。」壯士你好白頓了一下，語氣加了點不屑：「現在想想，當時青雲一刀絕不是忙到沒時間接劇，肯定是我們的態度讓他覺得這個角色非他不可，才跟我們拿喬。」

「呃，可是這和陛下有什麼關係呢……」

「咳咳，有點跑題了。後來青雲一刀不是答應我們了嗎？正好這齣劇的主角是陛下，雖然兩人沒有直接的對手戲，而且私下裡陛下也沒和青雲一刀有什麼交情，但青雲一刀一直拿這齣劇，以及和陛下合作過的事情博人氣，還公然宣稱陛下對他配過的劇讚不絕口，還說陛下評價他是自己的接班人什麼的，根本就是子虛烏有！但當時陛下正巧去了國外，工作很忙，退出了聲優圈，也就沒理會他。」

壯士你好白喝了口水，繼續道：「妳也知道陛下的人氣有多旺，他宣布隱退後忽然沒了消息，那些粉絲沒有管道了解陛下的動態，就有病亂投醫，當時青雲一刀總發些意味不明的訊息，顯得他和陛下好像關係多鐵一樣，於是那些粉絲就開始關注他了。」

向小葵點點頭。原來是這樣，怪不得團子大人他們會說青雲一刀曲解真相什麼的很在行。

「陛下隱退了，這事也就不了了之，不過前一陣子青雲一刀不是過生日嗎？粉絲就真的以為陛下和青雲一刀私下裡關係不錯，聯名要求他在生日歌會上邀請陛下參加。青雲一刀估計是被那些粉絲逼得沒有退路了，不知從哪裡得到陛下的聯繫方式，聯合自己幾個鐵粉連番轟炸陛下，搞得陛下不勝其煩。但是因為之前舊春光欠過青雲一刀人情，所以陛下只好同意了……」

「囧，原來是這樣啊……怪不得你們對青雲一刀的印象都不好。」而且陛下聽聞青雲一刀聯繫她的時候，立刻就讓她不要理他。

「是啊，反正這個人心機很重，很喜歡踩著別人往上爬。可能他是看妳像嫩包子一樣好欺負，之前那麼多黑粉掐妳，妳都不吱聲，再加上陛下近段時間和妳互動頻繁，所以就想著藉妳再博博人氣，只是沒想到……嘿嘿，這下打臉了吧～～」

「我哪有很包子……」幹嘛都說她包子嗚嗚嗚……

「對了，花魁，妳還記不記得之前陛下在歌會上說『有些人自以為很光明正大的喜歡，可能也會給當事人帶來困擾』那句話？」

「記得啊。」就是因為這句話，她才不再發訊息騷擾陛下了。

「我覺得，其實這句話陛下應該不是有意衝妳來的。只是藉那個由頭，故意說給青雲一刀聽的，讓他別再騷擾自己。畢竟那段時間，青雲一刀真的做得很過分。」

「啊？」

「當時被採訪的時候，陛下心情也不好，說這話也欠考慮。那些粉絲不知道個中原委，所以平白無故把妳拖下水了，我想陛下對妳也覺得很抱歉吧。」壯士你好白嘿嘿一聲：「陛下這個人很驕傲啦，又不喜歡解釋什麼，不過我覺得他現在已經在盡力補償妳了。」

——補償嗎？

向壯士你好白了解完事情的全部過程，心裡卻反而有些空落落的。向小葵退出頻道，然後對著通訊軟體上溫不語亮著的頭像發呆。

所以說，送感冒藥、隱身對其可見，包括現在為了她和青雲一刀徹底勢不兩立，都是一種……補償的方式？

雖然向小葵沒自戀到覺得陛下對自己該如何特別，但如果兩個人就連做朋友的動機都是因為某一方覺得愧疚的話，好像這份友誼都不單純了。

溫不語的頭像不知什麼時候閃了起來，向小葵猶豫一下，點開，收到溫不語發來的一段語音。

「這幾天先不要上社群網站，有什麼事我來解決。安心上課。」

宛如大提琴一樣悠揚輕柔的嗓音，夜晚的寂靜中，更增添幾分魅惑人心的性感。

向小葵咬咬唇，迅速打了一行字發過去。

花小葵：陛下，之前你在青雲一刀歌會上說的那句話，我沒有放在心上。所以，請陛下也不要在意了。o(∩_∩)o

她對溫不語的喜歡和崇拜都很簡單，因為喜歡他的聲音，喜歡他塑造的所有角色。所以，她才不想讓他因為這份愧疚，將自己當成理應照顧的責任和負擔。

很不想，變成他的累贅。

向小葵不知道溫不語會回覆自己什麼，但以大神這麼精明的程度，一定能猜到什麼。

果然一分鐘後，溫不語言簡意賅的說：「小笨蛋，來聊天室。」

第七章

剛被小白叫做包子，現在又被陛下說成笨蛋，她難道是「容易被取外號」體質嗎？

不過很快，向小葵還是被拉進了陛下的私人頻道。

兩人光明正大的幽會就算了，還把頻道設置了密碼，簡直不能忍好嘛！

擠不進去的圍觀群眾紛紛表示了不滿。

向小葵不知自己又惹了「眾怒」，一進頻道後，立刻聽到陛下低沉美妙的嗓音：「又在胡思亂想什麼？」

「沒、沒有胡思亂想啊……」向小葵的語氣簡直不能再心虛。

「那為什麼忽然提起上次歌會的事情？」

陛下的聲音實在沒有半點逼問的成分，可她為什麼就是覺得很有壓力啊……

向小葵決定實話實說，坦白自己的心思：「就、就是很奇怪陛下為什麼忽然對我這麼好，以前就算陛下聽說過我，但我在陛下心中也只是個無關緊要的陌生人吧。可是現在，陛下會幫我找戲感聊劇本，當我被欺負的時候還會幫我出頭，甚至送藥給我什麼的……我和陛下唯一的交集就是那次歌會了，所以我會想，陛下對我這麼好，是不是因為覺得一時衝動說了那句對我不利的話，所以很抱歉？」

她第一次在溫不語面前一口氣說這麼多話，一開始還會緊張，到後面反而更想讓對方了解自己的心情。

如果陛下是懷著這種心態和她做朋友，她反而會很有壓力，因為她並不覺得陛下虧欠了自己什麼。她也會想，是不是等到有一天，陛下覺得該補償她的都已經補償完了，然後就突然從她的世界消失，連朋友都做不成了？

寂靜了一刻後，耳麥裡傳來男人清淺的笑聲，那聲音好似在他的喉嚨裡極慢的蕩漾著，被潤化後帶著一種莫名魅惑的聲線響徹在她的耳畔。

「還說不是胡思亂想？」溫不語沉著笑，說：「如果我想彌補，有很多種方法，不必選擇這種最笨、最費時、最不討好的方法。不過，我承認，最開始的確是有過這種想法。但經過接觸，在我更了解妳之後，妳激發了我的保護欲。」

「……！」

——男神，如果你說你因此而愛上我了，我會立刻暈倒給你看！TWT

「我們都是這個社會的一分子，保護弱勢群體是我們的責任。」男神很嚴肅的說道。

——咦？弱勢群體？什麼跟什麼啊？

向小葵在腦海裡搜刮出弱勢群體的分類，婦女兒童是弱勢群體，她明顯不是啊！老年人也是，但她更搭不上邊。還有殘疾人、失業者……呃，陛下說的不是另外一種吧……

「陛下，智障兒也是有尊嚴的好不好！」翻桌！

溫不語很乾脆的笑出聲：「看來還不是很笨。」

被溫不語這麼一糊弄，向小葵也豁然開朗了，其實自己也不必糾結這麼多，就像陛下說的，一勞永逸的方法有很多，何必選擇最費力的？

而且，她也是很有人格魅力的啦！

下一刻，向小葵的腦海裡響起了《征服》那首歌的旋律。

早晚有一天，她會把男神征服的！o(￣ヘ￣o)

「對啦，陛下，明天晚上有空對一下戲嗎？」記起馬上要交乾音了，向小葵提議。

「明天可能不行，有個約會。」

「約會？」向小葵呼吸一滯，「呃，和女朋友嗎？」

「是女的沒錯，但還不是女朋友。」

「還」的意思……就是說陛下現在正在追求過程中嗎？

雖然知道陛下這個年紀有女朋友或者有喜歡的女孩子也沒什麼特別，但就是……哎，她也不知道該怎麼形容啦！(>_<)

向小葵強打起精神，「那陛下要加油啦！爭取早日和愛妃雙宿雙飛！」

溫不語聲音隱約夾雜著笑意：「借妳吉言。」

下線後，向小葵滿腦子都在好奇陛下喜歡的女孩子會是什麼樣的，後來又覺得自己實在太八卦了，而且陛下這麼聰明，看上的女孩子也一定不差的！

★　★※★※★※★　★

隔天放學，程綠被謝慕堯拉去辦公室。經過上次，向小葵決定聽從怪蜀黍的勸告，不給謝教授的追妻路上增添麻煩了。畢竟謝教授想要追小綠，已經夠麻煩的了……

獨自走在回宿舍的路上，忽然眼前擋著一個人，向小葵第一反應就是讓開路，向旁邊邁了一步，沒想到那人也跟著往同一個方向移動。

向小葵納悶，一抬頭，愣了。

「蜀黍？」話沒經過大腦，就這麼叫了出來。然後下一秒，她連忙雙手捂住嘴巴。

厲清北心中覺得好笑，表面卻一本正經的問她：「一個人？妳同學呢？」

見厲清北沒在意自己對他的稱呼，向小葵放下手，「被謝教授抓走了。」

「正好，我也是一個人，一起吃飯？」

「好啊！」向小葵很爽快的答應了，反正程綠一時半會肯定是逃脫不了謝教授的魔掌，而且她這麼早回宿舍，陛下也不在網上，還不如拉個人一起作伴。

況且，此時的厲清北在向小葵眼中，也是被謝慕堯見色忘友拋棄的可憐人。

他們還真是同病相憐吶！

厲清北開車載向小葵來到學校附近的餐廳，沒有上次那家餐廳那麼氣派，但是也很乾淨。

照舊要了一個包廂，服務生在厲清北的示意下將菜單拿給向小葵。向小葵長舒一口氣，幸好這家菜單上印的不是什麼奇奇怪怪的外文。

向小葵按照自己的口味點了兩道熱菜，厲清北似乎並不滿意，又叫服務生推薦了三道招牌菜才作罷。等到服務生出去後，向小葵才弱弱的說：「點太多我們會吃不了的。」

厲清北徐徐的道：「不用替我省錢。」

「不是省錢的問題啊，而是吃不完會浪費的。」向小葵從小的家教就是自己盛的飯一定要吃完，就算吃撐了，也絕不能浪費糧食。

厲清北聞言，深深看了她一眼，隨後起身出了包廂。

對於厲清北非但沒有嫌棄自己事多，反而聽她的建議將五道菜縮減到三道，向小葵對他的好感度一下子上升了好幾個等級。

其實除了第一次和怪蜀黍相遇的原因有些奇怪之外，說真的，他是一個值得深交的人。

看他平時的穿著談吐，就可以猜到家境一定不錯，但並不會像其他有錢人那樣給人很高高在上、有點錢就耀武揚威的感覺。而且到了他這個年紀，再加上自身的閱歷，很懂得如何掌控局面不讓對方尷尬。

至少向小葵和他相處的時候，絲毫不會覺得不舒服。

三道菜沒多久就上桌了。等向小葵吃得差不多後，她咬著筷子觀察對面的厲清北，穿著西裝來這種小地方用餐確實有點怪怪的，和包廂裡庸俗的中式裝潢也有些格格不入，但他用餐時的姿態和氣質，嘖嘖，簡直帥呆了！

「怎麼了？」許是她的目光太赤裸裸，厲清北抬眸對上她的眼睛，問道。

「那個，蜀黍，我能問你一個問題嗎？」

「嗯。」他挑眉。

「你為什麼會上謝教授的課？你是他的朋友，不是嗎？」這個問題已經困擾她很久了，明明早就過了大學生的年紀，為什麼還選修課的時候總會看到他？

「我和謝慕堯正在合作一個專案，他現在在學校做全職，閒置時間不多。所以在我不忙的情況下，我會還就他一下。」

而且他很懷念上大學的時光，謝慕堯上課時他就坐在下面辦公，互不影響。何況現在嘛……

厲清北看了對面恍然大悟的向小葵一眼，脣形姣好的薄脣不著痕跡的上揚。

好像，又多一個非來不可的理由了。

吃完飯，時間不早了。厲清北很紳士的問向小葵：「還要再點些喝的或者甜點嗎？」

向小葵連忙搖頭，摸了摸圓鼓鼓的肚子，「我實在吃不下去了。」

厲清北垂眸看了一眼手腕上的手錶，「那我現在送妳回去。」

「嗯！」

向小葵剛要站起來，忽然小腹處微微抽痛，她渾身一僵。

厲清北走到門口察覺不對勁，回過身，見向小葵神情詭異的坐在原處，挑眉問：「還不走？」

向小葵嚥了口口水，眼神飄忽不定，「那個，我還想再坐一會兒。」

「如果我沒記錯的話，妳們宿舍的門禁時間不是十點嗎？」

是這樣沒錯啊……可是……

「我現在走不了啊……」向小葵快要哭了。

「怎麼回事？」

向小葵的臉低得快要埋進面前的盤子裡了，聲音越來越弱：「親戚……親戚來了……」淚流滿面啊！\(ToT)/

聽完向小葵的話，厲清北下意識的看了一眼包廂門口，沒人啊。蹙了蹙眉頭，將近半分鐘後他才恍悟她口中的「親戚」是什麼意思……

忽的，男人的耳根飄上一抹詭異的粉紅。

「那個……」厲清北較為困難的開口：「一直在這裡坐著也不是辦法，要不然我打電話給妳同學，讓她送來……那個……」真是說不出口啊……

向小葵快要囧死了，不過蜀黍說得有道理，總不能一直坐到餐廳關門吧。

「蜀黍，你能幫我找這裡的女服務生要一下那個嗎？」

「那個」已經成為兩人之間的暗號了。

厲清北挑挑眉，衡量了一下此時的形勢，輕嘆一聲，認命的走出包廂。也不知道厲清北怎麼和別人說的，沒過多久，一個女服務生拿著向小葵需要的東西匆匆出現。

向小葵熱淚盈眶的看著生理用品，但很快又被難住了。她這樣子要怎麼走到洗手間啊……ToT

正發愣之際，忽然眼前掠過一個黑影，下一秒，厲清北的西裝外套赫然搭在她的身上，衣襬長長的，恰好能蓋過臀部。

「快去收拾一下吧。」他微彎著腰，充滿磁感的聲音在耳畔迴盪。

聽到那聲音的瞬間，向小葵彷彿不能呼吸了一樣，驚愕的抬起頭對上男人沉著的眼神。

那種刻意將嗓音壓低在喉嚨處，彷彿本就價值連城的璞玉被雕磨修飾後，變得更加渾厚圓潤。他的聲音有著無窮的張力，如一張密密實實的網，任何尖銳鋒利的武器接觸到那張網後，都會脫胎換骨，帶著異常強大的滲透力，腐蝕聽者的感官。

見她望著自己發呆，厲清北輕拍了拍她的肩膀，「快去吧，我在這裡等妳。」說完，輕推她的背，將她推向門口。

雙腿像是有了自我意識，自動自發的走出包廂，可眼睛卻仍舊貪婪的不斷回頭張望。怪蜀黍的聲音，好像她認識的一個人……

打理好自己回到包廂，厲清北果然依他所言安靜的等在那裡，看到她後只是溫溫淺淺的一笑，沒問任何問題，反而讓向小葵避免了尷尬。

披著蜀黍的那件外套，向小葵跟著他一前一後走出餐廳，快到停車場時見到他的那輛車，卻望而卻步了。

「蜀黍，我還是自己走路回去好了。」弄髒別人的車子就太糟糕了！

厲清北此時已經處變不驚了，看一眼她羞愧欲死的表情就知道這個腦袋瓜裡又在琢磨什麼事了。

將已經拿出來的車鑰匙重新放進褲子口袋，他淡淡的說：「我陪妳走吧，就當是散步消化了。」

怎麼這麼體貼！

雖然這裡距離學校不遠，但步行的話，一來一回最少也要一個小時！對蜀黍這種一寸光陰一寸金的精英來說，散步根本就是虛度光陰！浪費金錢！

向小葵感動得一塌糊塗，卻也忽略了一件事。

像厲清北這種暴發戶，待會兒大可以打一通電話，就有助理親自開車來接，哪會傻傻的一個人走回來？唉，頭腦簡單、腦筋從不轉彎的傢伙，簡直無藥可救。ヽ(´▽`)ノ

一邊吹著晚風，一邊和帥哥沐浴在月光之下，排除掉自己現在的窘況，還是非常值得高興一下的。而且，不得不說，蜀黍穿西裝的樣子真的很賞心悅目。

向小葵也見過很多男生穿西裝，班上同學去面試的時候也會打扮得人模人樣，但是和眼前的蜀黍相比起來，好像矬了不只一星半點呢。果然，無論是衣架子一般的身材，還是自身氣質，都是天生的，就算拚命用高檔衣服偽裝，也只是照虎畫貓而已。

察覺到向小葵始終停留在自己身上的視線，厲清北眼底間閃過一絲淺笑。微偏過頭，他對上她的目光：「怎麼，我臉上有字？」

向小葵眼神沒有躲閃，鄭重其事的點點頭，「嗯！」

「什麼？」還真有？厲清北笑容一凝。

「額頭上明晃晃的刻著五個大字——我是暴發戶！」

下面還有一句：請美女們別介意就撲上來吧！

當然後面這一句，向小葵是不敢隨便說的。

厲清北被她認真的模樣逗笑了，不知道現在的女大學生是不是都像她一樣，智商簡直和十來歲的兒童差不多。

見他笑了，向小葵的膽子也大起來了，「蜀黍，你知道什麼是聲優嗎？」

「聲優？」男人俊眉輕輕揚起。

「嗯嗯！」向小葵好心的解釋：「就是專門為小說廣播劇或者動畫配音的一種職業。」

「然後？」

「我覺得蜀黍的聲音很好聽，不做聲優簡直太可惜了！」如果厲清北肯加入的話，以他的資本和條件，鐵定能轟動整個聲優圈！

向小葵呈現飢渴狀，太想拉攏這個難得一遇的好聲音進入自家社團了。

「看來，妳對聲優很了解？」厲清北很圓滑的不置可否。

「嗯哼，我和小綠還有自己的社團呢。不過蜀黍不加入的話，社團名字我是不會說的！」如果這也能稱得上威脅的話……

「我可以考慮。」厲清北波瀾不驚的說：「或許妳可以推薦幾個妳喜歡的聲優給我，讓我對這個職業多了解一下。」

「好啊！看在我們關係這麼鐵的分上，我可以介紹我的偶像給你。」提起那個人，向小葵已經呈現花痴狀態，「他的聲優名叫溫不語，是圈子裡超級厲害的大神！」

「溫不語？」厲清北臉上透露出莫測的神態。

「嗯！他可是很多聲優心目中的男神！」向小葵雄赳赳的說，那種自豪感毫不掩飾。

「妳很喜歡他？」男人繼續套話。

向小葵渾然不覺，點頭道：「根本就是著魔了好嘛！最開始聽大神的劇是考大學的時候，那段時間我被成績搞得快瘋了，然後無意間在網上聽到了大神的聲音，就一發不可收拾。到現在也好多年了，還是習慣每天聽著他的聲音入睡。」

「他就真有這麼好？」厲清北微微訝異，沒想到她和溫不語的結緣還有那麼一段故事。

「是啊，很好很好！明明就是互不認識，而且和學習的事一點關係都沒有。但當時不知怎麼了，就覺得他的聲音……」向小葵不知道該怎麼形容，索性用最平凡的話說：「能賦予我很多能量，讓我變得超級強大！」

厲清北忽然很想停下腳步，好好的看看她。

自己當初進入聲優圈其實全憑興趣，不為賺錢，也沒想到會因此而聲名大噪。

他不會靠這個行業吃飯，所以對待起來也頗為隨興。無聊了就接幾個劇配來玩玩，忙起來就從圈子裡消失不見，空閒了再回來接劇，如此反覆。

他從未想過，會有一個人時刻關注著他的動態，他配的每一齣劇都會聽上幾十、幾百遍，會因為他而接觸這個圈子，甚至還說，他的聲音會讓她變強大。

一剎那，玩票一樣的那幾年突然間有了更偉大的定義。

現實中的厲清北，被那麼多人簇擁著。每一件事不能只做好，還要做得盡善盡美。那些人關注的永遠都是他的地位、權勢，財富。

而虛擬世界中的溫不語，沒有那些光鮮亮麗的外衣，只是一道聲音，便輕而易舉的征服了她。

或許在她的眼中，溫不語不必腰纏萬貫，不必功成名就，只要聽到他的聲音，就像擁有全世界。

他想，得到這樣純粹而簡單的喜歡，應該是他的運氣。

將向小葵送到學校門口，厲清北便離開了。向小葵進宿舍後，先悄悄的將西裝掛到自己的衣櫃裡，洗了個澡，換上睡衣，這時程綠才回來。

「小綠，約會怎麼樣？」向小葵笑咪咪的問。

程綠瞥了她一眼，答非所問：「明天晚上有時間嗎？」

「應該有，怎麼了？」

「陪我去參加和隔壁學校的聯誼會。」

「聯誼?」向小葵深深的擔憂起來,「小綠,雖然謝教授以前拒絕過妳的表白,但妳也不要自暴自棄啊!」

而且,只有沒人要的人才會參加聯誼好不好!她能從那裡挑到好貨色才奇怪了!

程綠沒好氣瞪過來,「關謝慕堯什麼事!我是答應學姐幫忙湊數的!」

「哦,那還好。」向小葵拍了拍胸口,長舒一口氣,想到這還是她第一次參加聯誼會,有點小小的好奇:「小綠,明天我們是不是要穿得很正式啊?需不需要穿裙子?」

「妳穿不穿都無所謂。」

「為啥?」

程綠看過來,淡定道:「反正沒人會看上妳。」

向小葵:「……」ToT

★　★※★※★※★　★

被……被騙了……

看著鏡子裡的自己,向小葵欲哭無淚,要知道是化裝舞會的話她怎麼都不會答應的!就算退而求其次，她也會自己準備一套衣服，而不是滿足程緣的惡趣味，穿這件……

「怎麼了？我覺得滿好看的啊！適合妳呢！」程緣根本就不懂向小葵不開心的點在哪。

因為臨時被拉過去湊人數，程緣也沒做什麼準備，於是找Cospaly劇社那裡借了兩套衣服。

程緣自己穿的是白襯衫黑西裝，她身體修長，加上一頭短髮，頗有小說裡柔軟易推的男配角氣質。至於向小葵嘛，雖然不是那種傾城傾國的大美女，但長得白白淨淨的，眼睛烏黑烏黑的，臉型還有一點嬰兒肥，就是網上形容的那種萌妹子。不過她本身就呆呆傻傻的，身邊的人經常會被她的慢半拍急死，但男生卻很吃她這一套。

於是程緣替她借了一套日本女學生的校服，裝備齊全到還有黑色平底娃娃鞋、白色長筒襪……

好吧，她承認她是故意的。ヽ(´▽`)ノ

向小葵被程緣拉去聯誼會現場，全程半死不活，不過到了會場看到一大片奇裝異服的人士，心裡頓時安慰許多，至少她和程緣相比起來還算正常一點。

「妳別亂跑，我去找學姐報到。」說完，程緣就穿梭進人群，很快沒了身影。

向小葵找個僻靜的地方坐了下來，環伺一下場內，起先還覺得新鮮，後來也有點審美疲勞了，索性拿出手機登入社群網站。

一上站就看到幾萬條標記和評論的提示，向小葵忽略沒看，直接打開壯士你好白她們的站，並從那裡得知，青雲一刀這一次真的死得好慘。

青雲一刀已經是慣犯了，只是之前那些大神都懶得和一個新人計較，乾脆不理會他。到後來青雲一刀漸漸有了名氣和自己的粉絲，其他聲優也秉持著多一事不如少一事的心態，默許了青雲一刀抱大腿的行徑。

直到這回，青雲一刀將向小葵掛上牆頭，本來以為她還會和之前許多次一樣不吭氣，卻沒料到她後臺這麼硬，竟然由溫不語直接出馬。一時間，戰況迅速蔓延到不可收拾的地步，包括謝微塵那些老牌聲優也紛紛發訊息聲援她，形勢立刻呈現一面倒的狀態。

曾經吃過青雲一刀悶虧的聲優們，也都藉著這個由頭站出來，將他過往的「事蹟」扒出來供粉絲欣賞。

青雲一刀這個帳號，徹底的臭了。

在了解到青雲一刀虛偽的面具後，粉絲全部跑來加入向小葵的粉絲群，再加上男神的號召力，她的粉絲數量一下子又漲了好幾萬，留言也多了。

736L：特意跑去聽花魁的劇了，聲音好萌，沒想到人也這麼呆萌。=3=

938L：現在去看陛下的首頁，全部是有關花魁的訊息，有情況哦！（好笑）

2918L：越來越萌花魁了，軟妹子一枚，跪求陛下和花魁大大組CP！

3029L：銅牌！跪求溫&花CP出現！

4827L：跪求溫&花CP出現！

5111L：只有我一個人發覺溫花這個名字帶了一種濃濃的鄉土氣息嗎？XD

5112L：哈哈哈哈被樓上笑死！

看到這裡，向小葵也忍不出噗嗤一聲笑了出來。而且，臉頰溫度還有些微微的升高。和陛下組CP，雖然只是想想，但還是覺得很開心啊！o(∩_∩)o

於是，她也大著膽子發了一條訊息。

躺槍大戶花小葵：溫花這個名字我覺得不錯。**溫不語**大神，你怎麼看？^0^

按下發送，向小葵的心臟跳得很快。

這種意味不明的話，就好像是已經默認了粉絲將自己和陛下湊在一起。只是不知道陛下看到後會有什麼感覺……是排斥，還是像她一樣覺得成為公開的官配也還不錯？

向小葵心裡遲疑不定，還一度想把訊息刪掉，不過也來不及了，因為溫不語在她發出訊息的半分鐘後就轉發了。

溫不語：很不錯。但我更喜歡溫小花。

哦買哈利路亞！陛下竟然沒有不高興！而且還為他們的CP賜名了！

溫小花。

好像古時候女孩嫁到男方家，被冠上男方姓氏一樣。

想著，向小葵很不爭氣的臉紅了。α(*///▽///*)q

正陶醉著，忽然手機一響，收到陛下的私信。

溫不語：怎麼沒上線？

向小葵連忙深呼一口氣，雖然知道陛下看不到，但還是拚命警告自己要冷靜冷靜！

花小葵：被小蘋果拉出來聯誼嗚嗚嗚……

溫不語秒回：聯誼？

向小葵還沒打完，又收到溫不語的訊息：大學參加聯繫很正常，幹嘛不開心？有沒有見到喜歡的男孩子？（標楷）

這個必須沒有啊！她一直都在角落裡Cos隱形人呢！

她仍舊沒打完，第三次收到溫不語的訊息：穿什麼去聯誼的？一定打扮很漂亮吧？（微笑）

向小葵：……

如果不是她想多了的話，大神不會是在……

調！戲！她！吧！

不過，身為被調戲的女主角，向小葵表示很幸福！

花小葵：被小蘋果強迫穿了女高中生制服，很醜！ToT

很醜？

嗯，那他就放心了。

厲清北拿起手邊的手機，撥通某個人的電話號碼。

「喂？」那人很快接了起來，聲音微啞，帶著濃濃的睡意。

厲清北冷淡的開口：「你還有心思睡覺？」

「我為什麼沒有心思睡覺？」老子被你那些工作壓榨到三十個小時沒闔眼啊！

「哦，那你繼續睡吧。」厲清北掛電話前輕聲道：「就是打來提醒你一下，你未來的老婆現在在參加大學生的聯誼會，那些年輕的小夥子……你懂的。」

「……！」謝慕堯一個激靈從床上坐了起來，對著電話吼：「你把話說清楚……喂！喂？」

竟然掛電話，這個沒天良的……

向小葵等了許久都沒等到溫不語回她訊息。

難道是被她那句「很醜」嚇跑了？嗚嗚，她能收回那句話嗎？其實也不是很醜啦……

「同學？」

聲音在自己的頭頂響了起來，向小葵從自憐自哀中抬起頭，看到眼前一個王子打扮的男生對著自己微笑。

「你叫我？」向小葵眨眨眼睛。

「嗯。」男生點頭，很有禮貌的問：「我手機沒電了，可以用一下妳的手機嗎？」

向小葵看看對方，又低頭看了看自己的手機。大概整個會場就她不幹正事在這裡玩手機吧？她很爽快的答應下來，退出社群網站，將手機遞給那個男生。

男生道了句謝，然後背對她撥通了一組數字。大約十秒鐘左右，男生將手機還給她，臉上仍掛著很和煦親切的笑容。

「謝謝。對了，我叫王子胥，妳呢？」

「呃，向小葵。」還真叫王子啊……

向小葵有陌生人交流障礙，和自己熟悉的人怎麼鬧都行，但在陌生人面前，完全是一副文靜、不願多言的表象。其實，她只是不太會和不認識的人聊天。

男生很快被朋友叫走，於是向小葵鬆了口氣。沒多久，程綠也回來了。

「妳真的一直坐在這啊？」見到向小葵真的留在原地，程綠扶額。

其實她藉故離開這麼久，也是給她空間自行發展啊！都大三了，一次戀愛都沒談過這怎麼行？以她少根筋的情況，沒有戀愛經驗一定會被未來的男友吃得死死的。

不過，程綠顯然還是高估向小葵了，叫她別亂跑，就真的乖乖坐在這裡等她回來。

怎麼能這麼聽話呢！真是特別不讓人放心！

向小葵還不知道程綠在唉聲嘆氣個什麼，溜圓的眼睛盯著她，一頭霧水。

「唉，算了，真有人看上妳，我也要擔心對方是不是眼瞎了。」程綠被她打敗了，「走吧，反正也快結束了。」

兩個人從隔壁學校往回走，因為裝扮問題一路上引起了不少人的目光。向小葵還很憂國憂民的考慮一下那些裝扮誇張的同學，他們要是出現在操場上，還不會被當怪物一樣看？

腦子還在神遊，忽然感覺到手腕一緊，向小葵還沒反應過來就被程綠拉進旁邊綠化的草叢裡。

「小綠，妳見鬼了？」

程綠臉色很難看，「和見鬼也差不多了。」

向小葵一肚子好奇的順著程綠的視線看了過去，遠遠的，就見到兩個身高差不多的人朝她們這個方向走過來。

一人悠哉，一人焦急。焦急的那人走在前頭，步調匆匆，越發靠近時，向小葵察覺到了程綠的緊張。不過那人顯然沒發現她們，眼看著越行越遠……

忽然，悅耳的手機鈴聲響了起來——

「小白兔白又白，霸道總裁看過來；左親親來右愛愛，先把存摺交出來。」

因為周圍太寂靜了，所以鈴聲童音效果格外的清澈響亮……

此時此刻，程綠的表情已經無法用言語來形容的難看。

向小葵也羞愧的低下了頭。她當時是無聊到何種程度才配了這段話，而且還腦抽的將它作為來電鈴聲……

原本走過的那個人這一刻也停下了腳步，低低厚厚的笑聲從後面那人的喉嚨裡傳出，在寂靜的夜晚中輕輕震盪著。

向小葵淚流滿面。她真是每天都在變著花樣的丟人啊……/(ToT)/

眼看兩人被發現了，程綠索性也不躲了，不過她離開草叢的動作十分迅速敏捷，恨不得跟向小葵立刻劃清界線一樣。向小葵的玻璃心都要碎了。

「小綠。」謝慕堯大步走到程綠身邊，想說什麼，但聲音很快又被向小葵的手機鈴聲掩蓋了。

程綠的臉色和她的名字一樣綠，很霸氣的低吼一聲：「還不快給我接電話！」

「哦……」TAT

向小葵拿出手機，輕輕喂了一聲。四周很安靜，誰都沒有說話，只聽到她手機裡傳來一個年輕男孩子的聲音：「向小葵嗎？我是王子胥，不知道妳還記不記得我？剛剛我在聯誼會上找妳要過電話……」

向小葵一邊回憶著，一邊感受到一道異常灼烈的目光停留在自己身上。她抬眸，撞進厲清北漆黑幽邃的眼睛——呼吸，不由得一窒。

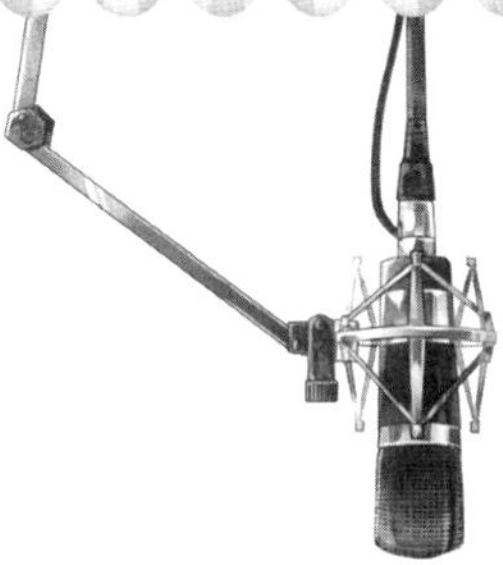

第八章

耳邊王子胥還在劈里啪啦的說著什麼，但向小葵已經聽不進去了，可能因為四周的氣氛太詭異，或者是蜀黍的眼神太奇怪了……總之，向小葵只匆匆說了一句「不好意思，我這邊不太方便講電話」，然後就掛斷了手機。

這時候，程綠的表情已經變了，「好傢伙，原來也不算是無功而返啊，竟然釣到了隔壁籃球隊的隊長。」

向小葵一頭霧水的問：「什麼籃球隊隊長？」

「王子胥啊！剛剛電話裡他是這麼介紹自己的吧？我跟妳說……」

這個時候，謝慕堯感覺到身邊某個人的氣場已經完全變了，偷偷覷了一眼，便見那人眉宇緊鎖。

他連忙將對向小葵滔滔不絕介紹王子胥的程綠拉開，「小綠，我有話要和妳說。」

程綠今晚見到他已經很不爽了，這時又被他打斷，更煩躁了，「可我沒有話要跟你說。」

謝慕堯微愣了一下，隨即嘴角牽扯出一絲苦笑：「妳……真的就這麼討厭我嗎？」

這熟悉的臺詞，這哀怨的語氣……向小葵大囧，彷彿看到了瓊瑤劇裡的苦情女主角，只是謝慕堯這個翩翩美男矯情起來，倒是更別有一番風情。

程綠是吃軟不吃硬的性格，謝慕堯一旦跟她示弱，她就完全沒對策，只能繳槍投降了。

程綠輕嘆一聲，望著向小葵，問：「自己能回去吧？」

「嗯嗯！」向小葵點頭，難得謝教授大老遠趕來拯救自己的愛情，她自然要成人之美。

「還不走？」程綠走出去兩步，見謝慕堯還愣在原地，十分傲嬌的哼了一聲。

謝慕堯搖頭輕笑了笑，向一直沉默的男人眼神示意了一下，然後跟在程綠的身後，兩人漸漸消失在夜幕之下。

再然後，現場就剩下向小葵和厲清北兩兩相望。

不知道為什麼，向小葵有點不敢看厲清北，好像自從王子胥打給她那通電話後，蜀黍的眼神就很不對勁。

「我送妳回宿舍吧。」厲清北開口打破沉默。

「嗯。」向小葵很乖的點點頭。

這應該是第二次，蜀黍送她回宿舍吧？

向小葵正想著，忽而聽到身旁的人說：「這身裝扮很適合妳。顯得年紀更小了。」

不知是不是她的錯覺，向小葵似乎在蜀黍的語氣中聽出了一絲悵然。

「還、還好吧。」向小葵尷尬的應著。

沉默之後，又聽厲清北說：「知不知道，謝慕堯當年為什麼會拒絕程綠？」

「為什麼？」有機會聽到小綠的八卦，向小葵的耳朵立刻豎了起來。

「因為差距。」夜晚，伴著清風，響起厲清北低沉淳厚的聲音：「他們之間相差了八歲，也就是八個年頭。很小的時候兩個人還能湊在一起玩耍，但是隨著年紀越來越大，謝慕堯從玩伴的角色變成了照顧她的哥哥。程綠喜歡的，謝慕堯不是已經玩膩了，就是完全不感興趣，代溝在他們之間越來越明顯。相比起活潑青春的程綠，謝慕堯反而像是已經垂暮的老頭子，生活一成不變。」

向小葵有點吃驚，但也並不是那麼吃驚。畢竟她們現在都還是學生，謝慕堯卻已經事業有成，還成了程綠的老師，所以年齡差什麼的也是可以想像到的。

「程綠表白的時候，好像才十六歲吧，那個年紀對於愛情只是剛剛懵懂而已。她可以隨著自己的性子來，謝慕堯卻不行。那時候他已經成年，考慮更多的是責任和未來。」

那個年紀的小女生，愛慕比自己大很多，或者很厲害的男生，十分平常。

尤其在程綠眼中，謝慕堯學習出色，人又帥，那個時候是周圍所有女生的男神，喜歡上他也是順理成章的事。

兩人之間不穩定的因素太多了，他的生活枯燥而乏味，不像程綠那般多姿多彩，所以他不確定程綠是否可以適應。更何況，就算心裡對程綠也有感覺，但面對一個十幾歲剛上高中的小女孩，他是如何都下不了手的……

向小葵聽懂了，不過卻覺得謝慕堯想太多，「小綠是認定什麼就一門心思的人，如果謝教授當初可以把自己的心情告訴小綠，小綠一定會理解，甚至會陪他一起克服那些困難的。」

厲清北聞言笑了一下，男人和女人在看待一件事物上，觀點本就不一樣。更何況，她們都還年輕，思考問題都會簡單化，如果再過八年，可能就不會這麼想了。

「所以，妳也認為年齡不是問題？」厲清北意有所圖的問。

向小葵毫無心機的回道：「年齡本來就不是問題，喜歡上一個人，就喜歡他的全全面面啊。也許程綠喜歡上謝教授，就是因為謝教授成熟懂事呢？如果兩個人之間的代溝大到無法溝通的話，那也不會喜歡上吧？」

聽完，厲清北對她倒有些刮目相看。平時看起來笨笨的，但是在看待某些問題上，卻很有自己獨特的見解。

或許，真的是年紀大了顧慮就多了，反而將問題複雜化。

「那妳呢？如果妳的男神比妳大八歲，妳還會繼續喜歡他嗎？」

男神？向小葵第一反應就是溫不語。

於是，厲清北清楚的看到她耳根通紅一片。

「我和男神在現實生活中不會有接觸啦！」她根本想都沒有想過，而且男神還在遙遠的大洋彼岸，怎麼都不會把自己和男神想像到一起啊！

厲清北俊眉一揚，他似乎……沒有提溫不語吧？

所以說，在她的潛意識裡，除了溫不語之外，沒有任何值得意淫的異性了？

雖然沒有對手抗衡，應該值得高興，但怎麼反而會有些氣悶呢？她這是完全忽略掉眼前活生生出現在她生活裡的自己了嗎？

厲清北苦笑，沒想到會有跟自己吃醋的那一天。

回到宿舍，兩個室友已經休息了，向小葵洗完澡，無聊的躺在床上用手機上網。

溫不語轉發自己的那條訊息下面，又有了很多粉絲的留言。

231L：撒花！恭喜新西皮的誕生！

557L：這樣公開秀恩愛真的好嗎？嘿嘿～

1827L：什麼時候出新劇啊！等得好焦急！期待溫小花的合作啊！

4721L：陛下的處女CP！一定要支持！

向小葵抱著手機笑了，她也剛剛意識到，在這之前陛下可是從來沒有和其他聲優配過CP！現在這種流行賣腐賣曖昧的時代，陛下一直潔身自好，真的是新新好男人呢！

不過事實是，陛下太高不可攀了，還沒人敢主動和他掛上關係。而那些膽大的，沒得到陛下的承認，幾乎都被粉絲噴得體無完膚的……

所以，她可是經過官方認證的，陛下的第一任寵妃呢！

這時候，手機忽然震了一下，向小葵以為是陛下上線發訊息給她，連忙退出社群網站。然後，她失望的看到不是通訊軟體的訊息，而是手機簡訊。

一個陌生的號碼——

「向小葵，我是王子胥，剛剛電話裡說得不清楚，所以這麼晚發簡訊給妳。我想明天約妳出去，可以嗎？」

所以他之前找她借電話，是打給他自己，然後好知道她的電話號碼嗎？

她竟然沒多想，以為對方真的是手機沒電了……

該怎麼回啊？剛才黑燈瞎火的，她連他長什麼樣子都沒看清楚。而且她完全不認識他啊……

程綠回來的時候，就看到向小葵對著手機發呆，連她進門都不知道。她輕手輕腳的走到她床邊，在向小葵眼前揮了揮手，「回魂了～～」

向小葵轉過頭，被身邊突然多出來的人嚇了一跳，程綠忙捂住她的嘴巴，「小聲點，她們都睡了。」

鬆開向小葵後，程綠看她心不在焉，便問：「怎麼魂不守舍的？」

向小葵望了程綠一會兒，還是決定將這種極富技術性的問題交給程綠。她問：「剛剛那個王子胥，發來簡訊約我出去，我該怎麼拒絕啊？」

程綠先驚訝了一會兒，然後皺眉問：「為什麼要拒絕？」

向小葵也驚了，瞪大眼睛，「難道要接受？」

「廢話！」程綠翻了個白眼，「隔壁學校的籃球隊隊長、學生會宣傳部幹部，人又高又帥，多少人排著隊等著能有機會和他吃個飯呢，人家約妳妳卻要拒絕，腦子有病啊？」

「可我不認識他啊！」

「發兩封簡訊不就認識了！這麼優秀的男生妳要是拒絕了，小心我削妳！」下一秒，程綠又被什麼問題所困擾了，「真看不出來王子胥喜歡的是妳這一型，我聽說咱們學校的校花還被他拒絕過呢。他這品味，嘖嘖……」

向小葵額頭冒出兩行黑線，「我有這麼差嗎我！」

「外表是不差，不過腦筋比普通人少兩根就是了。」

「……我要投奔謝教授的懷抱，再也不跟妳好了！」向小葵哀怨臉。

程綠冷傲的笑了一下，女王味十足十的說：「連謝慕堯都逃不出我的手掌心，妳這麼做只是自投羅網。」

沒活路了啊……向小葵繼續淚流滿面。ToT

程綠忽然攤開手。

「幹什麼？」

「把手機給我。」

迫於程綠的氣場，向小葵只好乖乖交出手機。

程綠拿過來，打開最上面王子胥發來的簡訊，啪啪迅速按下幾個字，然後發送。

「妳幫我拒絕了？」向小葵星星眼眨呀眨。

程綠瀟灑的將手機仍還給她，「我是幫妳答應了。這種好男人一錯過就不會有第二個，不管怎麼說，先吃個飯了解一下也是好的。最不濟，還能白吃一頓。」

「妳怎麼知道是好男人的……我家陛下才是真好男人呢……」還跟她配了CP呢！

原本要回床上的程綠聽到向小葵小聲嘟囔，腳步倏地一頓，回過頭來，神情有些複雜的看著她。

「小葵。」程綠斟酌了一下用詞，慢慢道：「不管溫不語多好，他都是網路上的人，妳也該知道網戀有多不可靠吧？總歸一句，我們是要在現實中生活的，知道嗎？與其幻想那種不切實際的感情，不如好好把握眼前的好男人。所以，明天不要給我搞砸了。」

說完，程緣拿著衣服就去洗澡了，留向小葵一個人坐在床上發呆。

今天似乎已經第二次將陛下和感情這個詞掛鉤了吧，就像剛剛蜀黍提起自己喜歡的男神時，她第一個想到的就是溫不語。後來程緣誇讚王子胥，她又下意識將王子胥和陛下做了對比……

好像，她真的將二次元和三次元做了太多的牽扯了。

「哎！」

向小葵拉過被子蒙住頭，好煩啊！

在今晚之前，陛下真的就只是她的本命而已，從沒妄想過其他，但是現在經程緣一提，好像覺得自己對陛下的感情真的很不單純了……

或許她真的該聽程緣的話，不要將過多的精力放在二次元上。畢竟她和陛下……怎麼想都沒可能走到一起的。

★　★※★※★※★　★

知道向小葵要和王子胥去約會，室友們都瘋了啊！

她們將自己新買的裙子貢獻出來，還為向小葵化了一個淡妝。

不過後來向小葵還是沒穿裙子，總覺得這樣好像顯得太主動了一些，而且她真的不喜歡那種仙女

一樣的裙子啊，總覺得穿在自己身上有一種莫名的詭異感……(￣_￣)|||

向小葵在約定好的時間前來到學校門口，沒想到王子胥已經等在那裡了。

因為是下課時間，來往出入的學生比較多，而王子胥也算是風雲人物，光是站在那裡就引起好多同學的矚目。

向小葵本來想走過去的，但一想到隨之而來的八卦，就退縮了。

不過很快，王子胥看到她了。雖然不是昨天的那身女高中生制服，但是洞洞牛仔褲加上白色T恤，襯出一種出乎意料的帥氣，與昨晚比起來，是完全不一樣的面貌。

「小葵！」王子胥大步走過來，向小葵已經感覺到身上要被那些目光射穿了。

而且，他們好像還不熟吧？這樣親暱的叫她小葵真的好嗎？

雖然談不上反感，但就是……很彆扭，和第一次聽到陛下叫自己小葵時的感覺完全不一樣。

……哎？怎麼又聯想到陛下那裡去了！

向小葵心裡驚了一驚，連忙驅散不該有的想法。

「因為想和妳在附近轉一轉，所以沒開車來。我們先去前面的飲料店喝點東西吧，好嗎？」

向小葵深呼吸一口氣，露出笑臉，「好的。」

與此同時，無人陪伴的程緣只好上網，和莫失莫忘商討《忘川》的事。

期間，團子大人好奇的問：「蘋果，花魁怎麼沒上線？妳們不都是形影不離的嗎？」

程綠開口前，瞄了一眼掛在頻道上的某位大神，也不知自己是什麼心態，脫口而出：「她啊，和隔壁學校的男神出去約會了。」

團子大人一驚一乍：「真的假的啊！男神約花魁啊！花魁一定長得很漂亮吧啊啊啊啊！」

程綠笑了笑。

壯士你好白搞怪的道：「陛下快粗線！你家愛妃馬上就要貞潔不保了～～」

原本就只是開玩笑而已，再說每個人都心知肚明，二次元配CP什麼的完全就是為了滿足粉絲意淫，和現實生活根本是兩碼事。

本沒覺得能聽到陛下的回答，但陛下真的出聲了！

他問程綠：「什麼時候的事？」

溫不語嚴肅的語氣，讓整個頻道都寂靜下來了。

程綠也吃了一驚。

那丫頭喜歡一個聲優喜歡了好幾年，而且在兩個月前還完全不認識對方，這對於做什麼事都三分鐘熱度的向小葵來說，已經是奇蹟一般，所以可以想見溫不語對向小葵來說有多特別。

但是現在，和溫不語成為網路上的朋友後，向小葵每天的生活除了學習就是他了，在社群網站和溫不語互動，或者被毫不相關的人調侃兩人之間的關係，都能叫她樂個半天，這在程綠看來，已經非常不妙了，只是那傻ㄚ頭還不自覺而已。

然而這一切，溫不語都不知曉，所以程綠才故意說出那樣的話，本沒想著能試探出什麼來，但溫不語的重視程度卻讓她詫異。

「已經出去一會兒了，男生很厲害，又帥，還是學生會的幹部，估計小葵這次要栽了。」程綠添油加醋。

不過這時候，溫不語已經下線了。

過了一會兒，團子大人不確定的開口：「陛下該不是真喜歡上花魁了吧……」

沒有人回答。

向小葵跟著王子胥步行來到學校附近的飲料店，王子胥為她介紹了這裡很出名的綜合果汁，向小葵沒什麼意見，就放心讓王子胥點了。

只是在看到那一杯冷冰冰的涼飲時，向小葵後悔死了。她現在還不能喝冰的啊……/(ToT)/

怕第一次和異性約會就被對方認為自己是個愛挑剔的人，向小葵只好叼著吸管佯裝在喝，王子胥也沒發覺她杯子中的飲料根本沒少。

「昨天妳也是被強拉著來聯誼的吧？」王子胥問。

向小葵看向他：「你怎麼知道？」

王子胥見自己猜中了，微微得意的說：「因為妳全程都窩在角落裡玩手機，根本不像別的女生那樣在會場裡尋找目標。」

呃，她能說她只是太聽話了嗎？

王子胥搔搔頭，「其實我也是被逼的，這次聯誼會主要是我們宣傳部承辦的，我不去不太合適。不過還好……我，遇到了妳。」

如此深情款款的話，配上王子胥深情款款的眼神，簡直是一齣收視率極高的偶像劇。只可惜，女主角略愚鈍了一些。

「哦。」向小葵認真的說：「我還以為你手機真沒電了呢。」

如此直白的闡述，王子胥被噎了一下，難道是自己的魅力大減了嗎？這個時候，她不是該像其他女生那樣滿眼含春，一臉嬌羞嗎？

不過，他就是喜歡這一款！

兩人聊了一會兒，到了晚餐時間，向小葵又跟著王子胥來到一家小餐館。

沒有謝慕堯上次帶她們去的餐廳豪華，也沒有蜀黍帶她去的餐廳乾淨，但向小葵也能接受，反正都只是吃飯而已。

席間，王子胥對於自己擔任籃球隊長的事蹟滔滔不絕，向小葵從小缺少體育細胞，上小學參加個跳遠都能跳出腳踝骨裂來，可想而知這一餐她有多昏昏欲睡。

向小葵心想：男孩子好像都會這樣吧？遇到能讓他們大出風頭的事就沒完沒了的說個不停。不過蜀黍就不會，哪怕兩人吃飯的時候不說話，都不會覺得尷尬。

「小葵，妳呢？妳有沒有什麼特別感興趣的事？」許是察覺到自己的話真的太多了，王子胥試圖勾起向小葵的聊天欲。

向小葵想了一下，說：「就是女孩子那一套，聽聽歌、看看小說什麼的。」

「啊，我也喜歡看小說，妳喜歡什麼類型的？有沒有喜歡的作者？我喜歡加布列．賈西亞．馬奎斯，就是寫《百年孤寂》的那個作者，我最喜歡裡面的一句話，『生命中曾經有過的所有燦爛，原來追究，都需要用寂寞來償還』。」

向小葵聽得雲山霧罩，頓了頓才答：「我喜歡耽美。」

「耽美？」這下輪到王子胥聽不懂了。

「就是男男戀。我喜歡的書是《冷酷總裁的壞弟弟》，最喜歡的一句話是：嘴上說不想要，其實……」

「咳咳！我、我上個洗手間。」王子胥連忙藉口離開。

直到看不到王子胥的身影，向小葵才頹頹的垮下肩，小臉無精打采。

和沒感覺的人約會，真是度！日！如！年！啊！

向小葵拿出手機，將眼前帶著餐廳LOGO的杯子拍了張照，隨便用軟體做了一個很復古的效果放到社群網站上，並配字——

食不下嚥的花小葵：請上天派位天使來拯救無聊中的我吧……>_<

她剛發完，就有人評論了。

1L：**溫不語**不謝，不用發我好人卡。

2L：**溫不語**陛下大大，你家花魁需要你的拯救！

3L：**溫不語**善心人士3號。

隨後，程綠也轉發了她的訊息。

策劃蘋果綠：**食不下嚥的花小葵**給老娘好好約會！今天釣不到男人就別回來睡覺！

1L：哇！原來真相乳齒殘酷！花魁大大竟然拋棄陛下去約會了！

2L：**溫不語**不謝，不用發我好人卡。

15L：天辣！新西皮剛剛誕生就要夭折？

46L：**溫不語**陛下，你家花魁是春閨寂寞了吧？還不速去安慰！

向小葵看完那些流言哭笑不得，這些磨人的小妖精呀！

剛要回一條評論的，恰好這個時候王子胥已經調整好心態重新坐回向小葵的面前，向小葵怕對方會覺得不被尊重，連忙將手機放下。

因此她錯過了陛下給她的評論。

溫不語：被嫌棄了。各位有什麼好方法，讓我好挽回花魁大大的心嗎？（委屈）

1L：窩草！陛下在賣萌！我沒看錯吧！

682L：這一對好有愛啊哈哈哈！陛下面癱攻都變成弱受啦！

1333L：花魁大大馭夫小能手！get！

1827L：陛下撒嬌！跪舔！

2128L：兩千多樓都沒有一個人為陛下獻策，這個世界還會好嗎？陛下，還是我以過來人的經驗說一下吧——那必須脫光了跳到床上嬌喘幾聲啊！花魁大大是名符其實的聲控！如何抵擋得住陛下的誘惑！

2129L：樓上說的有道理。花魁大大自己享受的同時，不要忘了我們啊！

2837L：求錄陛下嬌喘！

4261L：求錄陛下嬌喘！

向小葵還不知網上的風波，仍一面聽著王子胥講故事，一面僵硬的微笑。

到後來，在她覺得自己的臉就要笑僵的前一刻，正對著她的大門口忽然出現一抹挺拔的身影。

熱鬧的小餐館門口人來人往，外面的招牌霓虹異常明豔，厲清北穿了一身考究的黑色西裝，眉宇間是與生俱來的傲慢和清冷，偉岸而又睥睨眾生一樣的站在那裡。

他的出現，幾乎奪去了在座所有人的注意。

餐廳服務生見客人來了，忙上前招呼，厲清北只是淡淡掃了那人一眼，目光不疾不徐的環視整個餐館。

地方不大，所以厲清北很快和向小葵的目光對上。

「蜀黍？」向小葵脫口而出。不過在看到厲清北邁著優雅閒適的步伐朝著他們這邊走來時，那種強大的侵占力和壓迫感，瞬間秒殺掉餐館裡的其他人，連她對面被稱為校園王子的王子胥，這一刻都彷彿隱形人一般。

終於，厲清北停在他們面前，向小葵和王子胥都不約而同的抬起頭來仰望。

「怎麼，約會呢？」說著，帶著笑意的目光徐徐落在王子胥的身上，眸色漸深。

而王子胥忽然一個哆嗦。那眼神，該是看錯了吧……

「這是妳叔叔嗎，小葵？」王子胥記得剛才厲清北進來時，向小葵就這樣叫了一聲，於是帶著對長輩的恭敬連忙站起身打招呼：「叔叔好，我是小葵的朋友。」

「小葵？」厲清北又笑了。

王子胥這一次確信自己沒有看錯了，那笑裡藏刀真的是……毫不掩飾啊！

聽過戀妹癖、戀兄癖，還沒聽過戀姪女的啊……

「現在很晚了吧，你們還要吃下去嗎？」厲清北這時候看了一眼手腕上價值連城的手錶，刻意在王子胥面前偏了偏。

男孩子對這種手錶之類的東西都很有研究，王子胥立刻就認出這是自己曾經在某個國外雜誌上看到過的限量版手錶，沒想到花魁的家裡這麼有錢啊……那他還請她來這種低檔的小餐館，怪不得她一直都沒怎麼吃……

王子胥想著，低下了頭。

「這樣吧，正好我也沒事，如果你們吃完了，我送小葵回宿舍。至於你……」

厲清北還沒說完，王子胥立刻道：「我沒事的蜀黍！您送小葵就可以了，我自己回去。」

步行什麼的，哪抵得上高級轎車舒服呢。

王子胥被傷到了自尊。

厲清北再一次大獲全勝。其實在他看來，這種未出茅廬的小男生根本構不成威脅，但奈何某人太笨，說不定被賣了還會幫著人家數鈔票。所以，只能靠他費點心思了。

走出餐館後，向小葵鬆了口氣，王子胥人是不錯，但不是她喜歡的型啊！更重要的是，王子胥的聲音不戳她的萌點，根本沒有讓她怦然心動的感覺。

還不如蜀黍的聲音好聽呢！

★　★※★※★※★　★

向小葵坐上厲清北的車，這一次他沒開上次的越野車，而是換了一輛黑色的轎跑型轎車。牌子不是向小葵經常能在國內見到的，不用猜也知道很貴很貴。

開了也就大約五分鐘，向小葵越看越不對勁，一開始以為蜀黍開車繞了一條近路，但車子後來停在上一次他們用餐的地方，向小葵忍不住問他：「我們來這裡幹什麼？」

厲清北先下了車，繞過車頭，打開副駕駛的車門，站在車外，深邃的黑眸一彎，「我沒吃飯，陪我？」

怎麼說蜀黍也是解救她於水火的恩人，再說……呃，她也有點餓，剛才根本沒怎麼吃。(¯_¯|||)

兩人走進餐廳，還是上次的那一間包廂，這回向小葵更不約束了，點了自己最喜歡的兩道菜，將第三道菜的決策權交到厲清北手上，不過厲清北很紳士，最終第三道菜還是向小葵愛吃的口味。

說實在的，剛才和王子胥吃飯的時候真的沒吃多少，對方滔滔不絕的講話，她時不時也要應一聲，偶爾搭個腔什麼的，再加上程綠警告過自己，在校園王子面前絕不能丟臉，於是她只能一小口一小口的品……

而此時，風捲殘雲，三道菜都吃得差不多，向小葵這才注意到對面的蜀黍雖然一直在吃，但卻吃得很少。

結過帳，兩人走在去停車場的路上，向小葵摸摸肚子，然後看向身邊的男人。

「蜀黍，其實……你根本已經吃過飯了是不是？」

只是為了讓她吃點東西，才隨便找的藉口吧！

因為怕她只是一個人吃，會不好意思，才全程陪同動動筷子，但真正卻沒吃幾口。

厲清北的目光看過來，很淡很淡，但不知道為什麼，對上他深邃的視線，向小葵忽然覺得心口砰的一聲。

好像有什麼燃燒起來了，迅速燒得她的皮膚都火辣辣的。

呃，應該是剛剛吃太多辣了……

兩人上了車，厲清北看了一眼時間。

「快十點了，宿舍還能進嗎？」

「什麼！」向小葵也顧不上小女生情懷了，急忙捧著厲清北的手腕，看到手錶上的指針指向九點五十，立刻哀號一聲：「完蛋了，回不去了。」

她們女宿的舍監阿姨真的很可怕，只要超過十點把她從床上吵起來，就會一直唸妳十幾分鐘，直到妳上了樓。這還不算完，她還會隔天在公告欄上貼上晚歸女生的名字，並且接下來的一個學期都要看舍監阿姨的臉色度日……

「不會查房嗎？」

「不會，但宿舍大門會鎖上。」

「那還好，找個地方過一夜吧。」

向小葵想了想，說：「我住小綠家好了，我打個電話給小綠，讓她通知一下叔叔、阿姨。」

剛準備拿出手機，下一秒，有力而溫熱的手掌按住了她的手腕，彼此間肌膚的溫度似乎能傳遞到對方的手上，那種微微戰慄、酥麻一般的感覺頓時讓向小葵再一次不爭氣的紅了臉。

囧，她今晚究竟吃了什麼不乾淨的東西，怎麼變得這麼不對勁？

而且蜀黍也好不對勁啊！好像一直在……引誘她似的……

是錯覺吧！

「去我那裡吧，離學校也不遠，而且已經這麼晚了，麻煩程綠的家長也不好。」厲清北壓低聲音道：「好嗎？」

向小葵是個聲控！還是個無可救藥的聲控！

厲清北刻意將聲線改變，發出那種粗嘎性感的聲音，頓時將她的理智拍得一乾二淨啊！

她簡直感動到快哭了！

——蜀黍你真的不考慮加入我們劇社嗎！

然後，厲清北帶著神遊中的向小葵回了家，中途還去二十四小時的便利商店買了新的洗漱用品和毛巾。

一直到兩人進了門，向小葵才後知後覺的反應過來——

她……竟然跟一個男人回家了！媽媽咪呀，好可怕！=皿=

厲清北將向小葵安置在客廳，先脫下西裝掛在玄關的衣櫃上，解開袖口和領口的鈕釦……這期間，向小葵目不轉睛的欣賞了一連串美男脫衣的畫面，血槽早就空得一滴不剩了。她肯定這不是錯覺，蜀黍今晚好像一直在用自身魅力秒殺她！

所以，今晚吃錯藥的人，是他吧？

將洗漱用品放在浴室後，厲清北走出來就見到向小葵站在客廳裡依舊沒有坐下。

她看他出來，十分拘謹的笑了一下：「那個，蜀黍，我覺得我還是去小綠家比較好……」在這裡住一晚，她很怕自己會氣血不足。

厲清北凝視她一會兒，微挑眉，半晌，走到玄關拿起門鑰匙。

向小葵眼看有希望，拿著自己的包包，緊跟著厲清北走出他的公寓。

只是，厲清北的目的地不是電梯，而是同一樓層的另一戶人家。在向小葵來不及開口勸阻之前，厲清北已經伸手敲了敲1606號的門。

向小葵費解，這是要做什麼……

過了一分鐘，房間裡傳出霹靂乓啷的聲音，聲音持續了一段時間，接著，掛著1606門牌的大門刷的一聲被人從裡面打開了。

「祖宗！讓我安生的睡一會兒覺不行嗎！」

向小葵被這一聲聲嘶力竭飽含熱淚的聲音驚了，抬頭看清對面那人的臉，再驚！

謝謝、謝教授？！

太驚悚了啊！謝教授怎麼跟剛練完邪功似的，眼圈烏黑，頭髮亂糟糟的，睡衣的釦子還扣錯了好幾顆。

「向小葵？」睡眼惺忪的謝慕堯也注意到了此時不該出現在這裡的人，剛開口：「妳怎麼……」他還沒說完，就被厲清北無情的打斷：「好了，你的使命完成了。」

接著，砰的一聲，厲清北「好心」的為謝慕堯關上了門。

向小葵風中凌亂，隱約聽到謝教授用那美妙溫柔的主播聲音在罵娘……

將渾渾噩噩的向小葵又領回了自己的公寓，厲清北轉身面對她。

「妳們學校的老師就住在對面，這下，妳該放心住下了吧？」

如果謝教授要是知道，她就是那個將他從溫暖的被窩裡拖出來的罪魁禍首，不知道選修課會不會讓她不及格啊……

「客房裡有浴室，洗澡用的東西我也為妳準備好了。」厲清北揉了揉她的頭髮，「洗完澡趕緊休息，明天早上我送妳去學校上課。」

「……哦。」向小葵覺得自己的魂都被蜀黍這一下揉沒了。

怎麼能這麼親密呢？

更重要的是，她一點都不排斥啊！

不行，她要去睡了，睡一覺醒來，可能一切都會回歸正常了吧……

拖著略微疲憊的身體來到蜀黍家的客房，雖然知道蜀黍有錢到人神共憤的地步，但是當她打開門，看到裡面如同樣品屋似的房間還是愣了一愣。

她隨後又去了浴室，雙人的按摩浴缸映入眼簾，旁邊還配有一間小小的蒸氣室，連客房的浴室都這麼奢侈……不過這一次向小葵顯然很有定力。

向小葵脫掉衣服打開蓮蓬頭，溫熱的水淋在皮膚上，舒適感頓時蔓延到全身，疲憊的細胞好像在一剎那吸收了足夠的精力。

向小葵一邊享受著，一邊躺在浴缸裡感嘆有錢人的生活，怪不得蜀黍保養得這麼好！

她沒洗太久，出來後有點口乾舌燥，向小葵忍了忍沒忍住，悄悄將房門開了一條縫。

快十一點了，蜀黍應該已經睡了吧？

走廊裡只開著一盞暈黃色的小燈，長長的盡頭連接著客廳。她探出一個小腦袋，先觀察了一陣，沒發現什麼敵情，才大膽邁出一隻腳……

「妳這是準備要偷偷跑路嗎？」

寂靜中，男人的聲音顯得格外清晰。

「……！」(⊙﹏⊙)

聽到身後響起的聲音，向小葵一僵，緩慢的轉過身來，看到厲清北正斜靠在她的房門旁，似笑非笑的望著她。

高大的男人站在她面前，向小葵幾乎喘不過氣來，尤其此時蜀黍他……

竟然不穿衣服！

啊，不對，褲子還是穿了的……

此時的場景如同他們第一次相遇，只不過因為彼此變成了認識的人，向小葵就再也不敢光明正大欣賞這具極品的肉體了。

她的目光飄啊飄，乾巴巴的一笑，「那個，渴了，找點水喝。」

厲清北恍悟的點頭，「啊，這樣啊。我還以為妳要趁夜深人靜的時候，捲走我們家最值錢的東西然後跑路呢。」

向小葵黑線，拜託……

「我根本就不知道你家什麼東西值錢好嗎？」

「不是很好猜嗎？我們家最值錢的東西……」厲清北忽然直起身子，行至向小葵的身側，微微彎下腰，周身散發出強烈的雄性氣息和荷爾蒙，他伏在她耳邊沉聲道：「就是我。」

此時，向小葵的大腦已經當機了。

蜀黍究竟要幹嘛啊？為什麼無緣無故說這些？難道是希望她把他捲走然後跑路嗎？

如果捲走的是人的話根本不叫跑路，那叫私奔好嘛……

不過，她是為什麼會想到私奔這個詞的啊摔！

厲清北從廚房拿出一瓶礦泉水交給她，完全一副什麼都沒發生的樣子，只是將水塞給她的時候，不知有意無意，男人微涼的手指輕輕刮了一下她的手背。

緊接著，某人就像受了驚一樣，拿著水、夾著尾巴迅速逃回自己的房間。如果她有尾巴的話……

怎麼這麼好玩？厲清北靠在牆邊忍笑忍到胃痛。

向小葵躺在床上失眠了，翻來覆去睡不著。

幸好今天光顧著應付王子胥了，沒怎麼玩手機，到現在手機的電量還百分之八十呢。

照常登入社群網站，沒想到一打開就看到好多評論和新粉絲，向小葵點進去一看，才發現自己竟然錯過陛下的訊息！

一副被冷落的小媳婦語氣什麼的……

好萌！

好想告訴陛下，她的心一直在他那裡啊！但好像又太直接了。

心花怒放花小葵：我也好想聽陛下嬌喘！跪求～～q(*///▽///*)q

同時，厲清北的手機響了起來，某個被他特別關注的人剛剛發了訊息。

看完訊息，男人輕笑一聲，指尖點在螢幕上，迅速打出幾個字，但半晌過後，又點了刪除。

他起身，走出臥室。

向小葵抱著手機看那些粉絲的留言，一腦補到陛下嬌喘什麼的就像快要窒息了一樣。臉紅紅的對著手機螢幕傻笑，這時房門倏地響了起來，向小葵的心都快被嚇停掉了，下意識將手機藏到被窩裡。

不過門外的人顯然沒有要進來的意思，只是提醒她：「太晚了，不要玩手機，早點睡。」

說完，厲清北就走了。向小葵長長的吁了一口氣，真是嚇死她了好嗎？

不過，蜀黍是怎麼知道她在玩手機的？

迅速不著痕跡的觀察一下房間，應該沒有攝影機吧？她只能說，蜀黍真是太料事如神了。

向小葵不敢再玩手機，只好將它放在床頭櫃上。沒過多久，她就沉沉的進入了夢鄉。

★　★※★※★※★　★

清晨，向小葵從睡夢中迷迷糊糊的醒來。

按掉作響的手機鬧鐘，揉了揉眼睛，艱難的從床上爬了起來。

向小葵在床下找了許久都沒找到放著自己牙刷毛巾的臉盆，這才徹底清醒過來，瞪著眼睛看了看四周，過了一會兒，記憶回籠，終於意識到這裡並不是宿舍，而是蜀黍的家。

向小葵去浴室洗臉刷牙，打理好自己才來到客廳。

原本以為蜀黍應該早就做好了早餐，在桌邊等著自己一起吃，但事實卻是蜀黍的確是坐在餐桌前，但只在自己的面前擺一杯喝了一半的咖啡而已。

聽到腳步聲，厲清北的目光從報紙上移到站在門口的向小葵身上。

「早。」

「呃，早。」難道她看的那些小說寫得都太誇張了？為啥等待女主角的不是熱騰騰豐盛的早餐，而是那麼淒涼的畫面啊？真的好餓。/(ToT)/

「餓了吧？」適時，厲清北開口問。

「嗯嗯！」向小葵就差沒搖搖尾巴了。哦，對，她沒尾巴。

厲清北放下手中的報紙起身，「走，帶妳去吃早餐。」

向小葵以為厲清北要帶自己去外面吃，但她又錯了啊！

站在1606的門前，向小葵心裡已經開始默默的祈禱：這麼早就來要飯吃真的不是我的本意啊！請謝教授在學期成績裡高抬貴手嗚嗚嗚……

不過出乎她的意料，謝慕堯一身清爽的來開門了，並且在見到她後，還很和煦的微笑。

「快進來吧，早就做好了等著你們呢，不過我打電話過去，清北說妳還在睡。」

向小葵扯了扯嘴角假笑，謝教授這話說得是不是哪裡不對勁？

厲清北熟門熟路，顯然對謝慕堯的家很熟悉，向小葵也發現這兩戶的格局是一樣的，但是裝修風格卻大相徑庭。

厲清北的風格是剛毅清冷，謝慕堯的卻是溫暖舒適，相比起來倒很像一個家該有的樣子。

「教授，需不需要我幫忙？」向小葵主動詢問，來老師家裡蹭飯已經很奇怪了，看謝慕堯忙來忙去，也有點於心不忍。

不過謝慕堯還沒開口，厲清北就發話了：「妳不用管。他喜歡忙這些事。」

誰會喜歡忙這些女人家的事啊……

向小葵似乎看到謝慕堯的嘴角抽了一抽。

於是，向小葵心情忐忑的坐在厲清北旁邊，終於等到謝慕堯將所有的早餐端上桌。

「哇，教授好厲害啊！」眼前雖然都是小菜，但琳瑯滿目、各式各樣看起來就很好吃的樣子。

向小葵的誇讚謝慕堯似乎很受用，微微一笑。

反之身邊的男人似乎有點不高興了，「會做飯就很厲害了？」

「呃……」

連這也要吃醋嗎？要是覺得不服氣你倒是做啊！不過這話向小葵自然不敢說。

「聽說，妳昨天約會去了？」謝慕堯忽然問。

向小葵一驚：「教授也知道了啊……」

「啊……呃，那個……聽小綠說起過……」謝慕堯答得明顯沒有底氣，他能說自己是從社群網站上看到的嗎？

向小葵不疑有他，尷尬的笑了一聲，「就是，一起吃個飯而已，沒什麼的。」

說著，不自覺的斜覷了厲清北一眼。她也不知道自己心虛個什麼勁，難道是因為和老師談這種問題太奇怪了嗎？

謝慕堯也瞄了一眼正旁若無人用餐的男人，輕嘆一聲，繼續苦命的幫他套話：「這種事情很自然的，用不著不好意思。我聽說對方條件不錯，有沒有看上呢？」

向小葵臉微紅，小聲的答：「沒……沒什麼感覺。」

謝慕堯曖昧的看向某人一眼，剛要繼續問，就被厲清北打斷。

「吃飽了嗎？」

向小葵馬上擦擦嘴，「吃飽了！」

「嗯，那回去收拾一下吧，我馬上送妳回學校。」

「哦，好。」向小葵站起來，向謝慕堯告別後，拿著厲清北給的鑰匙離開了。

待大門關上，謝慕堯才問：「她到現在還不知道你是溫不語？」

厲清北不置可否。

「哎，不知道你在搞什麼？早點捅破不就行了？何必耽誤時間，小心她被年輕小夥子騙走。」

年輕小夥子這幾個字，謝慕堯說得格外用力。他可是還記得上次聯誼會的仇呢！明明是他自己擔心，卻還刻意誤導他。

厲清北只是聳聳肩，向小葵那丫頭，捅破窗戶紙估計會把她嚇跑，而且到時候，他還要懷疑她喜歡的究竟是溫不語，還是現實中的厲清北。

與其這樣，不如讓厲清北也慢慢滲透進她的生活。

這時，厲清北轉眸望向謝慕堯，「還說我？你不是也沒告訴程綠，你就是謝微塵？」

於是，謝慕堯被堵得無話可答。

向小葵其實也沒什麼好收拾的，簡單的查看了下書包和手機，就從客房裡出來了。

中途經過一間沒關好門的房間，她腳步停了一停。

這間房間和其他房間明顯不一樣，小小的，很像是儲藏間，不過門卻格外的厚重。向小葵禁不住好奇，用手指推了一下房門，黑漆漆的房間頓時展現在眼前。

地上鋪著兩層厚厚的地毯，牆壁是有隔音作用的波峰棉，正中央擺著立式話筒架，麥克風防噴罩什麼的都很齊全，地上拉伸著幾條電源線，另一邊擺放著一臺混音器和效果器……

儼然就是一間家用的錄音室啊……

不過蜀黍的家怎麼會有這些設備的？

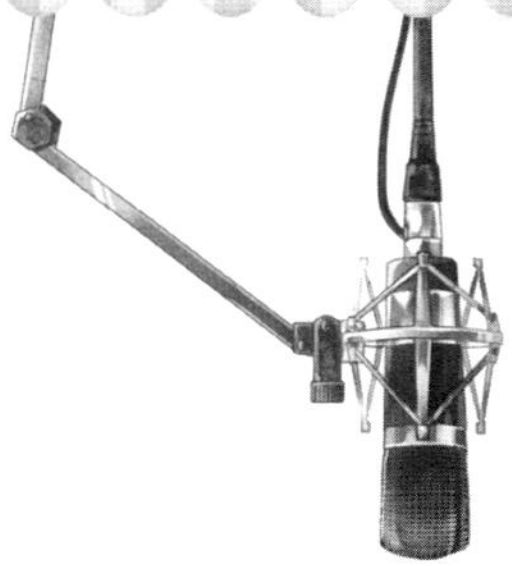

第九章

「收拾好了嗎？」

背後響起厲清北的聲音，向小葵心虛的立刻縮回手，拎著書包轉過身，卻不敢看對面的男人，可是她也有好多問題想要問他啊，比如這間錄音室是怎麼回事……

厲清北掃了她身後一眼，走了過來，問：「要不要參觀一下？」

向小葵立刻星星眼，「可以嗎？」

對於一個業餘的聲優來說，這種家用的錄音室簡直是他們畢生的夢想！

厲清北抿脣一笑，帶著寵溺的表情瞬間秒殺掉向小葵。

他打開牆壁上的開關，房間剎那間亮了起來，向小葵輕輕走上前，腳步聲被厚實的地毯掩蓋住。由於布置的問題，房間溫度要比外面高一些，因為通風口或窗戶什麼的會發出異響影響到錄音。

真的好專業啊……向小葵在心裡感嘆。

雖然只是最基礎的錄音設備，但全都是知名品牌的。就說那臺混音器，48軌專業數位混音器擺在家裡根本就是大材小用。還有那些麥克風、效果器……

向小葵左摸摸右看看，那種很喜歡、很羨慕的表情根本遮掩不住。

厲清北倚牆而立，將她的小動作盡收眼底，嘴邊噙著隱隱笑意，「如果喜歡的話，妳以後配劇可以來這裡，不會有人打擾到妳，而且這裡的設備可以滿足妳的需求。」

「真的嗎？！」向小葵興奮不已，不過很快就覺得不對勁，「咦，蜀黍，我上次提起聲優的時候，你不是連這個都不懂？家裡為什麼會有這些專業設備？」

厲清北十分沉著淡定的回答她：「是慕堯在用，他的房間有別的用處，恰好我的空出來，就分給他了。」

謝慕堯原本是有名的主播，所以厲清北這樣解釋，向小葵很快就接受了。

厲清北開車送向小葵回到學校，車子停在大門的側面。

向小葵道謝後準備下車，被厲清北叫住。

「如果想用錄音室，提前打電話給我，我來接妳。」他說完，雲淡風輕的一笑。

近距離看到蜀黍的笑容，向小葵的心小小的撲騰了一下，嚥了口口水壓制住莫名的躁動，僵硬的對著厲清北扯了下嘴角說：「好的，蜀黍再見。」

厲清北眼睛裡流露一絲笑，嗓音低沉：「嗯，再見。」

向小葵覺得自己如果再待下去的話可能會窒息，連忙打開車門跑了出去，究竟是哪裡不對勁她也說不上來，總之就是和蜀黍在一起的時候會莫名其妙的心跳加速……

跑到一半，她又被人攔下。

「小葵！」

向小葵剎住車，茫然抬起頭，看到前方的王子胥正朝著自己走過來。

「小葵，我等妳好久了。」王子胥在她面前站定，做出深情款款狀：「昨天晚上我想了很久，這二十多年來我是第一次遇到像妳這般性格灑脫的女孩子，不會盲目的跟從我、崇拜我，跟妳在一起我覺得我才像是一個正常人，那種感覺很舒服……小葵，我發現我真的很喜歡妳！」

向小葵囧啊囧，在這之前她都不知道他是誰，崇拜真的談不上。而且……

——大哥，我們只是吃了一頓飯而已啊！

「我知道妳家庭條件很好，現在的我還配不上妳，但小葵妳相信我，我一定會為妳努力的！」

王子胥的話說得錚錚有力，在他眼前彷彿出現了一幅未來美好的宏圖，看得向小葵囧囧有神。正發愁如何應付王子胥，忽然見到王子胥的眼神一變，向小葵還沒回頭，便感覺到身後走來一個人。

「小葵叔叔好！」王子胥畢恭畢敬的喊道。

向小葵瞄了一眼身後的人，厲清北臉上戴著黑色墨鏡，黑衣黑褲站在她身後，加上身高優勢，風頭立刻蓋過王子胥，不遠處有女生對著他們這邊拍照，臉上還掛著嬌羞……

向小葵憤憤，蜀黍真是渾身上下都是桃花！又不是女孩子……

男人做成這樣也是很丟人的好嘛！

「怎麼還不去上課？遲到了怎麼辦？o(￣ヘ￣o)」厲清北的語氣不怒而威。

王子胥怕連累向小葵，立刻解釋：「是我找小葵說話才耽誤她時間的，叔叔您不要怪小葵。」

厲清北的目光此時不疾不徐的落在王子胥身上，王子胥渾身一震，不自覺的挺起了背脊。

再一次，他對厲清北信誓旦旦道：「叔叔，我是真心喜歡小葵的！」

「哦？」厲清北眉一揚。

「我說這個不是要求您同意小葵和我交往，而是我想給您和小葵一個承諾。我保證，在三年之內必成大器，做一個能配得上小葵的男人！」

厲清北沉默了一會兒，道：「蹺課的話還想成功？」

許是要給厲清北留下一個好印象，而不是讓他覺得自己是一個只說不做的人，王子胥以最快的速度離開了向小葵的學校。

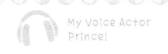

「我沒找他要過什麼承諾……」向小葵覺得自己有必要解釋一下。

厲清北自然知道，以向小葵的智商，還想不到這麼遠。

「以後他再找妳或者打電話給妳——」厲清北為她做了決定，「別理他，知道嗎？」

這句話好熟悉啊，好像在哪裡聽過。

向小葵也有此意，於是點點頭，乖巧的程度讓厲清北很是滿意。

男人心情好了，於是笑容也明顯了一些，他拍拍向小葵的頭頂，這舉動讓向小葵覺得自己是被誇獎了的小寵物。

不過，蜀黍的動作真的好溫柔。\\(≧▽≦)/

「快去吧，小心遲到。」

「嗯。」

目送向小葵的背影離去，厲清北才轉身回到車子裡。

沒想到那麼呆，還真有人會喜歡，這個世界上竟然還有人跟他一樣惡趣味？

厲清北搖頭笑了笑。

★　★※★※★※★　★

向小葵一夜未歸，自然被程綠好好的嚴刑拷打了一番。後來向小葵說謝慕堯就住在厲清北的對面，程綠就不再問任何問題了。

向小葵得意，果然一提起謝教授的名字，程綠立刻閉嘴，沒轍了。

簡直就像是開關一樣靈啊有木有！

完成今日的功課，向小葵才登入語音聊天室。團子大人他們還在八卦前一天向小葵約會的事，見當事人來了，又是連番轟炸的追問。

向小葵無精打采的說：「約會失敗了，對方可能覺得我沒有他想像中的好吧，唉……」

網上的人都沉默了，這種失戀失意的語氣……

團子大人說：「好啦好啦，只有膚淺的男生才看不到我們花魁有多可愛！」

金剛喵喵應聲：「就是！他看不上咱，咱還看不上他呢！」

壯士你好白：「沒錯，反正花魁還有陛下，昨天兩人互動有愛死了，網站上都要炸了呢！」

「就是就是！對了，花魁妳的乾音什麼時候交啊？」

這麼生硬的轉移話題，就是怕戳到向小葵的傷口。

對面的程綠戴著耳機拋來鄙視的一眼，向小葵嘿嘿一笑，若是原原本本告訴他們昨天的情況，今天一晚上的話題估計都離不開她約會的這件事，所以只能小小的歪曲一下事實了。

莫失莫忘這時候說：「花魁，妳快點交乾音哦，陛下的都已經完成了，現在就差妳和微塵大大的了。」

「什麼？陛下已經交了？！」向小葵吃了一驚，怎麼這麼無聲無息的。

「是啊，陛下還上班呢，都比妳這個清閒的大學生交得早，妳有什麼理由再拖音啊！」

「天辣！我要聽陛下的乾音！莫莫，快發給我！」

莫失莫忘哼了一聲：「可以啊。不過妳先拿妳自己的乾音來換！」

「嗚嗚，你知道我沒有的。」真的好想聽啊……心裡癢癢的，太難受了！

她還想向莫失莫忘求情，忽然螢幕右下角彈出一個提示——**溫不語傳送檔案給您。**

向小葵一刻不敢耽誤的點擊接受，今天的校園網路實在非常順暢，不到一分鐘就接收成功。

她看到陛下發來的是一個音訊檔，現在正好插著耳麥，滑鼠立刻點到播放鍵上。

「儷妤，我從來不相信這個世上還有幸福這個東西。但自從遇到妳，是妳，讓我百般體會到它的滋味。從今往後，忘川不信命，只信妳。」

耳麥裡傳來陛下深情優美到爆的聲音，當第一個音節響起的時候，她的世界裡彷彿什麼都消失了，空白一片，只有他的聲音在耳畔徘徊。

每一音絲絲入扣，像是牢牢嵌在了她的心上，他的一句話就能讓她渾身都顫抖起來。

有些人的聲音，與生俱來就帶著無窮的感染力，不必矯揉，不必造作，最簡單的話語就能勾出埋藏在人心裡最磅礡強烈的情感。

而這個人，就是溫不語。

沒想到陛下將他的乾音發了過來，但因為是宣傳片，很是短小精幹，重複播放十幾次後，向小葵才依依不捨的關掉播放機。

花小葵：陛下！美呆了！

溫不語：妳也快點交乾音，讓綠豆君趕快做合成，做完後期效果應該會更好。

花小葵：嗯嗯！

向小葵得到陛下的乾音，就跑去頻道裡和莫失莫忘得瑟了。

「嘿嘿，某人不給我乾音也沒關係，我已經聽過了。」

壯士你好白反應極快：「陛下給的？」

向小葵得意：「嘿嘿～」

莫失莫忘不甘心：「陛下太偏心了好嗎！我還想要脅花魁一下的！抗議！」

團子大人跟風：「嚴重抗議！」

金剛喵喵：「帶著外交部發言人一起表示強烈抗議！」

壯士你好白調侃：「抗議有個P用，花魁現在聖寵正濃，小心陛下反過來一個個讓你們吃板子！」

向小葵不知死活：「就是！吃板子！」

壯士你好白忽然改口風，問向小葵：「花魁，妳和陛下是不是見過了？別告訴我你們倆現在這麼你儂我儂的還沒見過面！」

「見面？陛下不是在英國嗎？」

壯士你好白聞言也愣了，「英國？他上半年就回來了呀！妳怎麼這麼笨，陛下跟咱們一樣的時差，能是在國外嗎！」

「啊？我還以為咱們晚上，陛下就是早上呢……」

「真是被妳打敗了……」壯士你好白說：「那妳也一定不知道，陛下和妳在同一座城市吧？」

「……！」向小葵已經錯愕到說不出話來了。

她和陛下竟然是同鄉！

「不過……陛下平時聊天為什麼沒有口音？我一點都聽不出來哎，這不科學！」她就有口音啊嗚嗚嗚……

團子大人：「……」

金剛喵喵：「……」

壯士你好白：「……花魁關注的焦點永遠和我們不一樣。」

莫失莫忘：「……我點蠟（注一）去。」

經朋友們提醒，向小葵才意識到問題的重點。她和陛下現在就在同一座城市，甚至還是同鄉，為什麼從來沒聽陛下提起過呢？

這時，一直旁觀的程綠幽幽的開口：「別告訴我妳想問陛下這件事是不是真的。」

「……呃，不能問嗎？」向小葵默默的關閉前一秒剛打開的聊天視窗。

「可以問，但如果他真的提起和妳見面的話，妳去還是不去？」

向小葵不懂程綠為什麼會這麼問。

「如果見到真實的溫不語，他本人卻不是妳想像中的樣子，妳會不會失望？而且據我觀察，網路上那些凡是沒爆過照的男神，多數長得還是很讓人擔心的。」

「我喜歡的又不是陛下的長相，我是因為陛下的聲音才崇拜他的好不好？」

「算了，這樣跟妳說不通。」程綠思考了一會兒，說：「如果溫不語長得很矬，一百七十公分都不到，眼睛小到只剩下一條縫，鼻子很塌，嘴脣超級厚，滿臉長著象徵青春的痘寶寶，無一塊完好之地。這樣的溫不語，妳還喜歡嗎？」

向小葵在心裡想像了一下程綠所說的溫不語，然後有點想哭。

這畫面「太美」，她不敢看啊……

「幹嘛把我男神說得這麼不堪嘛！」\(ToT)/

「我這是先幫妳打個預防針，如果妳需要我的忠告，我會告訴妳——最好將妳和溫不語的關係維持在二次元。網路上的朋友大多數都是見光死，有的看過對方的照片覺得是天仙下凡，但是見面過後才知道是豬妖跑到人界。更何況妳只是聽過溫不語的聲音？沒聽說過那句話嗎？上帝關上妳的一扇門，一定會為妳打開一扇窗。或許溫不語的聲音那麼好聽，就是因為他長得不盡如人意呢？」

被程綠一連串的話打擊到，向小葵臉如菜色。

——身為女生嘴巴別這麼毒啊喂！

向小葵其實並沒想過和陛下見面，她也明白，和偶像最好還是要保持一些距離。因為在粉絲的心裡，偶像基本上都是天神一樣的人物，從頭到腳沒有任何缺點，完美無瑕。但如果接觸得過於頻繁，對方身上的一些毛病和問題也會顯露無疑，就像程綠說的，希望越大失望就越大，到時候難免不會對自己的品味進行一番質疑。

她正胡思亂想著，溫不語的頭像閃了起來。

溫不語：一週之內能交完乾音嗎？

花小葵：沒問題的。

溫不語：嗯。交了之後好好犒勞妳。

向小葵的注意力根本沒在和溫不語的交談上了，一和陛下聊天就立刻聯想到程綠方才的形容，已經都有陰影了好嗎……QAQ

★　★※★※★※★　★

終於，向小葵在一個星期之內將《忘川》的乾音交了上去。

綠豆君動作很快，沒過幾天就已經出了成品。

忘川廣播劇官方網站：蟄伏三年，溫不語的復出之作；新晉聲優花小葵首部連載廣播劇；大神謝微塵再度配音溫潤公子。團圓&舊春光共同監製，長篇小說《忘川》，敬請期待。

官網一將宣傳片發出，就得到很多轉發。

因為發布時間都在頻道裡提前商量過，所以向小葵早早就等在電腦前，準備欣賞自己和陛下第一次愛的結晶。

短短二十分鐘，道盡儷好與忘川坎坷之情愛。

雖然提前聽過陛下的乾音，但是經過綠豆君的修飾，再加上自己的聲音也有參與進去，向小葵再一次將自己融入到劇情當中。

也再一次，為陛下的功力所折服。

只是聽到他的聲音，便為主角的憂而憂、苦而苦，百般滋味湧上心頭。

恍然，她想起之前溫不語告訴自己的話：「當觀眾無法用眼睛觀賞圖像，只能用聲音去感知人物的心理和情緒時，聲優的責任就更重要了。一個語氣、一個聲調，都可以決定這個人物在聽眾心中的感受。演員可以透過面部表情和肢體動作來演戲，相比之下聲優只有聲音就更有侷限性，也更能考驗功底。演員和聲優同樣是表演者，而我們的技巧就是我們的聲音。」

忽然間她對陛下油然而生一種敬畏，不再是簡單的崇拜和喜愛，而是上升到一種任何人都無可取代的地位。

向小葵擦了擦被宣傳片感動出的眼淚，立刻登上社群網站。

淚花朵朵花小葵：聽了宣傳片，被陛下的忘川感動了。那麼豐沛的情感和無法抒發的愛意，統統隱藏在陛下的聲音裡。從三年前被陛下的角色吸引，到三年後的今天再一次被陛下感動，腦海裡始終迴盪著陛下的那句話：聲優，是聲音的表演者。我想我或許不會成為第二個溫不語，但我一定會為之努力！

她第一次發這麼正經的訊息，好像反響還不錯，下面的評論一致都是誇讚男神的，還有肯定向小葵的作品。

32L：跪舔男神！陛下一出，秒殺眾聲優根本沒問題！

347L：我能說我聽宣傳片聽到哭了大半天嗎？

348L：樓上的你不寂寞。

1572L：陛下當然無可挑剔的，不過這一次花魁給我的感覺也很驚豔哦！果然和陛下混久了，配劇功底大漲！

2111L：新進圈子不久，第一次聽陛下配劇啊！我這是錯過了多少好劇啊！已哭瞎！路人變粉絲！

看到沒有不好的評論，向小葵就放心了，美滋滋的打開通訊軟體去敲大神，沒想到他的頭像是灰的。不過想想也是，陛下又不像他們是學生，哪有那麼多時間泡在網上。

不過，向小葵還是表達了一下「愛意」。

花小葵：陛下太厲害了，好多粉絲說聽完宣傳片都哭了，這有一大半是陛下的功勞。^_^

剛將這句話點了發送，向小葵的手機響了起來。

——蜀黍？

「喂。」向小葵將電話接了起來。

「晚上有安排嗎？一起吃飯？」厲清北特有的嗓音從手機裡傳了出來。

向小葵猶豫了一下，「小綠……」

「程綠和慕堯在一起。」他果斷打斷她。

向小葵了然，怪不得小綠自從去了謝教授的辦公室就一直沒消息。不過她還是沒馬上答應，因為上次和蜀黍單獨待在一起時，感覺真的很不對勁，雖然她還沒搞懂那種不對勁是因何而起。

「我已經在妳學校門口了。」

於是，向小葵妥協了。

換了件衣服，向小葵匆匆趕到學校門口。

夕陽的霞光瑩潤著橘紅色的採光，厲清北挺拔的身影靠在車邊，見她走出學校，薄唇輕輕掀起一個弧。

向小葵走到他面前叫了聲蜀黍，厲清北嗯了一聲當作回答，隨手很自然的接過她的書包放在後座。指尖相觸時，向小葵打了個激靈，趁厲清北放書包的空檔立刻自覺的打開車門坐在副駕駛上。

向小葵手摸著怦怦亂跳的胸口，吼自己：不要有事沒事就心跳加速好嗎！真是太丟人了！

厲清北坐到駕駛座，便看到身旁的人正襟危坐，微一挑眉，心想：怎麼這麼脆弱？這就嚇壞了？那以後可怎麼辦呢？

厲清北已經在考慮未來要不要時刻在身上準備一瓶速效救心之類的藥了。

這次吃飯的地方不是學校附近的餐館，而是一家看起來很高級又高貴的餐廳。向小葵下了車，看了一眼面前的兩層小樓，忽然有點忐忑，自己穿成這樣會不會給蜀黍丟臉啊？

「怎麼了？」厲清北走到她身邊，見她舉步不前，費解。

「我穿這樣進去……會不會被轟出來？」向小葵受小說、電視劇荼毒已深，總覺得在這種地方吃飯要穿正裝，而且最好打扮得像結婚一樣隆重，餐廳的接待人員才會放行。

「他敢？他如果轟妳出來——」厲清北頓了一頓，說：「那我就跟妳一塊出來。」

向小葵無語，原來蜀黍也沒有很厲害嘛～

懷著異常不安的心情，向小葵跟著厲清北走進私家菜房的小別墅。

裡面清靜得堪比放學後的教室，向小葵鬆口氣，怎麼說他們也算是第一桌客人，老闆如果還想賺錢的話哄他們都來不及……

「厲總！」遠遠的，一個中年男人笑臉迎了上來。

向小葵只注意到他的肚子，讓她想起了一個成語——身懷六甲。(￣_￣|||)

厲清北冷然的和對方握手，語氣不卑不亢：「都準備好了嗎？」

「那是自然的，菜品也都準備齊了，就等著您過來呢。您看，您想要哪個包廂？」中年男人笑盈盈的問。

「妳喜歡在一樓還是二樓？」厲清北忽然轉過頭徵求她的意見。

向小葵被他突然問得一愣，馬上笑了一下，「都可以的。」反正是吃飯，又不是看演唱會。

「那二樓吧。」厲清北淡淡道。

中年男人將他們帶上了二樓，也並未拿什麼菜單過來。等包廂裡只剩他們兩個人，向小葵才小聲問：「蜀黍，這家店是不是很貴？」

厲清北沉默了一下，怕她待會兒吃起來有負擔，於是面不改色的道：「很便宜。」

「啊！」向小葵搖搖頭，「蜀黍下次你不要來這裡吃了。」

「為什麼？」

「這麼清靜卻一個用餐的客人都沒有，不是貴得要死就是難吃得要命。」

厲清北忍笑，如果厲東睿聽到自己的餐廳被人這麼形容，臉色說不定會難看成什麼樣子。

畢竟只有一桌，餐廳備菜的效率還是很高的。

四菜一湯，顏色看起來很清淡，一小盤一小盤的極為精緻，比那些西餐還有過之而無不及。

向小葵吃了第一口之後，心裡頓時一萬頭神獸奔騰而過！

——怎麼能這麼好吃！怒讚！

菜做得這麼好怎麼一桌客人都沒有，難道是她味蕾和別人不一樣？

向小葵小心的詢問了一下厲清北對菜的評價，男人慢條斯理的吃了幾口，才說：「還不錯。」

——還不錯？簡直就是好吃到上天了好嘛！

早就忘記自己先前對這裡的評價，向小葵還在心裡偷偷的吐槽厲清北口味太刁。

厲清北只是心血來潮才帶她到大哥這裡換換口味，沒想到她會這麼喜歡，於是提議：「妳若是喜歡，過幾天我再帶妳過來嚐嚐店裡其他的菜。」

向小葵很想答應，但是一想到過了這週後可能就沒時間了，於是尷尬的拒絕：「以後可能時間都不會這麼自由了。」

「哦？」

「馬上要放假了嘛，我還欠哥哥一輛小綿羊，所以暑假想找個工作還債。」她真是現代版的灰姑娘，真是命苦極了。

「找工作？」厲清北沉吟片刻，問：「想找什麼類型的工作？」

「只是暑期打工而已，好像不能太挑了吧？無非就是賣賣東西，或者做做家教什麼的，實在不行，再去哥哥那裡打工送快遞好了。」一想起都覺得未來兩個月暗無天日啊！

「如果妳沒太多要求的話……」厲清北眼底閃過一抹精明，「我倒是知道一家公司正在徵暑期實習生。」

「咦？」向小葵抬起頭來。

「據我所知，待遇還不錯。」

如果向小葵精明一點，就會發現此時的厲清北笑得簡直像是一隻馬上要吃到小白兔的大灰狼。

★　★※★※★※★　★

站在市中心一座二十八層高的商業大樓前，向小葵已經無法形容自己此時的心情了。

蜀黍之前說有家公司找暑期實習生，她還以為公司的規模也就比她哥哥的快遞公司大一點而已，畢竟大公司即便是徵實習生，最起碼都要有畢業證書吧？

可這家……

再次抬頭看了眼高聳入天的大樓，玻璃帷幕在陽光的映襯下金光閃閃，向小葵的內心已經絕望。

不過，蜀黍好心的為她介紹，她總不能去都不去吧？向小葵深呼吸，在心裡為自己加油，做了一個「Fighting」的手勢，然後一步一步的走進大樓。

「請問——」清脆的女生在頭頂響起，「人力資源部的方經理在幾樓？」

前檯服務小姐抬起頭，眼前立刻映入一個大大的笑臉。

最近沒聽說過人資部那邊要徵人，而且他們公司向來不徵未畢業的學生，就算是普通的行政人員都要有三年以上的工作經驗。所以眼前這位，很有可能是人資部某位頭頭的家屬。

於是，前檯小姐拿出十二分熱情迎接向小葵：「人力資源部在八樓，我帶您上去。」

跟在前檯小姐的身後走向電梯，向小葵一邊感慨，不愧是大公司的員工，真是特別有職業素養！

到了八樓，前檯小姐和方經理的秘書交談了幾句，又對向小葵點頭微笑一下後才離開。

雖然心裡已經不抱什麼希望了，但總歸是面試，向小葵還是有點緊張。

「請問小姐貴姓，和方經理有預約嗎？」秘書微笑問。

「呃，我是來面試的，我叫向小葵。」

秘書原本低著頭在ＰＤＡ上查找方經理的預約，一聽到向小葵的名字立刻抬首看了她一眼，展顏道：「啊，原來是向小姐，方經理一早就在等您了，請跟我來。」

秘書先進去經理辦公室打了個招呼，隨後請向小葵進去。

「向小姐，請坐。」

方經理看起來四十歲出頭，穿著一身西裝，笑意盈盈。

向小葵笑得有點僵硬，然後坐在方經理對面的椅子上。其實這並不是她的第一次面試，可之前面試的工作都是咖啡廳或圖書館，這麼正規又氣派的企業她還是第一次來。

不過幸好，她昨晚時間充裕，準備了一個簡短的英語自傳，待會兒應該還能濫竽充數一下。

「向小姐現在是在上學，還是已經畢業了？」方經理雙手交疊放在桌上，似乎已經開始提問了。

向小葵馬上說：「還在上大三。」

「哪所大學？」

「T大。」

「什麼系呢？」

「英語系。」

「那對於薪資有什麼要求嗎？」

向小葵之前沒考慮過這個，所以一時間沒答上來。不過，實習生還能自己談薪資嗎？她又不是應徵正式員工。

見她愣住，方經理沒在這個問題上多做糾纏，又笑著問：「那向小姐何時能來上班呢？」

向小葵有點懵，問：「您……不用看看我的履歷嗎？」

方經理搖頭，「我們只是徵整理資料的工讀生而已，只需要妳會一般的文書處理軟體，我想這個對一個大學生來說並不難吧？」

「是不難……」向小葵總覺得哪裡不對勁。

「那就好。聽說T大下週是期末考試，那麼向小姐就下下週找個時間來人力資源部報到吧。剛才帶妳進來的是我的秘書Linda，之後就由她來帶妳了。」

方經理從椅子上站了起來，向小葵也立刻起身，小心翼翼的和對方握了握手。

「以後，我們就是同事了。」方經理如是說。

向小葵還一副雲山霧罩的模樣，她猶猶豫豫的問對方：「您真的不看一下的我學生證，或者履歷嗎？而且，沒有別的問題要問我？」

方經理思考了幾秒：「啊，還真有個問題。」

向小葵反而鬆口氣。這才對嘛，哪有那麼容易就得到一個好工作的！

「我們這裡實習生的薪資是兩萬元起，週休二日，有勞健保和加班費，但沒有一般正式員工的其他福利。這樣向小姐覺得滿意嗎？」

「……」

這樣還不滿意的話，她就是豬了。

就這樣，向小葵終於有了一份還算正經點的工作。

走出商業大樓，向小葵還有點不相信自己的好運，一想起厲清北，就覺得該打個電話給他，告知一下結果。

撥出厲清北的電話，聽筒裡響了一聲，與此同時，街道邊也響起熟悉的手機鈴聲。

向小葵茫然的抬起頭，就看到街邊站著一身黑色西裝的厲清北，他直接掛掉手機，衝她微笑了一下，淺淺的笑容在陽光下顯得分外耀眼。

向小葵被狠狠的閃了一下，腦中自動閃過一行紅亮亮的大字——此人已被敵方帥暈！

厲清北大步朝她這邊走來，向小葵還是第一次見到厲清北穿得如此正式，黑色西裝搭配淺灰色領帶，皮鞋擦得鋥亮，西裝褲線被熨燙得筆直而又沒有一絲皺摺，一身滿滿精英氣質。

「面試怎麼樣？」

聽到聲音，向小葵立刻拉回一點理智。蜀黍你靠這麼近真的很有壓迫感啊！TAT

「我下下週可以上班了。」

「這麼順利？」他佯裝出一絲訝異：「這是好事，值得慶祝一下。」

「蜀黍，你確定這家是正規公司嗎？不會有什麼拐賣人口蝦米的勾當吧？」今天的運氣實在是好到沒辦法相信，對方甚至連履歷都不看就錄用她了，想起這幾天在新聞上看到的暑期打工須知報導，向小葵一陣惡寒。

厲清北失笑：「就算拐賣人口，也不拐賣妳這樣的，放心吧。」

「……」這算是人身攻擊吧！

厲清北這樣說，向小葵也放心不少，反正她知道蜀黍不會害她的！

「走吧，我先送妳回學校，待會兒我還有個會議。」厲清北輕輕拍了拍她的頭，順毛。

向小葵立刻又被他這種親暱的舉動給Shock到了，恍恍惚惚的上了厲清北的車。

車子開到一半，理智才勉強回籠一部分，向小葵想到自己剛剛為什麼要打電話給厲清北，連忙對男人說：「蜀黍，等我拿到第一個月的薪資，請你這個大媒人吃飯！」

「媒人？」厲清北的手隨意搭在方向盤上，目不斜視，只是眉角微微挑了起來。

「嗯嗯！蜀黍不是幫我得到這份工作了嘛！如果這樣說的話，蜀黍就是我和這份工作的媒人！」

向小葵言之鑿鑿。

厲清北聽後點了點頭，似乎很是認同。

過了一會兒，男人漫不經心的問她：「那妳哥哥，也應該算是我和妳的媒人了吧？」

向小葵一愣。誒？好像這麼說也沒錯，可是怎麼聽起來這麼彆扭呢……

★　★※★※★※★　★

向小葵算是宿舍裡第一個找到工作的人，尤其待遇還這麼好，於是室友紛紛發來賀電，進行一番深切的慰問和交流後，幾個人跑去隔壁學校的餐廳大吃了一頓！

不要問她為什麼跑去隔壁學校，因為自家學校的餐廳永遠是學生們最深沉的痛！

緊跟著，就是為期一週的各項考試。

向小葵在進行臨時抱佛腳的突擊之前，還特意上社群網站和粉絲好友們打聲招呼，省得大家以為她消失了。

被考試虐成渣渣的花小葵：考試，閉關。一週後，又是一條好漢！

隨便看了幾條鼓勵她的留言，向小葵關掉社群網站，爬上通訊軟體，陛下這時候似乎不在，向小葵只好留言給他。

花小葵：陛下，我去考試啦~請為我祈禱吧！

都交代好了，向小葵才安心斷網。接下來的一週是殘酷的一週，不過幸好向小葵的專業科目一向都不錯，所以她很順利的考完啦！無驚無險。

結束最後一科考試，向小葵突然有一種被刑滿釋放的感覺，從考場踏出第一步，好像連空氣都充滿了自由的氣息！

「我們去慶祝一\\(≧▽≦)//下吧！」向小葵興奮的提議。

「好啊好啊！」兩個室友說。

「我沒意見。」程綠懶洋洋的。

四個人找了一家餐廳，花了兩個小時吃完晚飯，走出餐廳後，就不知道幹什麼了。向小葵屬於宅女，程綠是學生會成員，平時也忙得要死，兩個室友又是外地人，除了吃飯，她們完全不知道還有什麼活動。

「要不去ＫＴＶ？」有人提議。

四個人對視一眼，雖然都不是特愛唱歌的人，但這麼早回去好像更無聊，學校宿舍現在肯定都空了，因為其他學生也一定跟她們一樣出去慶祝了。

她們又搭計程車來到市中心，途中上網搜尋了下，知道這邊有一家新開的ＫＴＶ似乎滿不錯的，雖然網友都說有點貴，但是為了自由，錢根本不是問題！

ＫＴＶ從外部裝潢看起來就很高檔，走進裡面一看，那富麗堂皇的程度更是令人咋舌，一樓是小型吧檯和演出場地，二樓開始往上都是包廂。

四個人要了一個小包廂，服務生不知道為什麼一路很奇怪的看著她們，估計是覺得四個人在一個小包廂有點擠了吧？

點酒水的時候，菜單上各種洋酒洋飲料都是天文數字，向小葵沒了主意，將菜單拿給程綠。

這時，服務生開口介紹：「我們晚上八點到十點有自助吧，每人只要兩百五十元，就可以無限暢飲樓下的飲料酒水。」

幾個女生覺得這個比較實惠，尤其可以隨便喝。

向小葵和程綠負責拿飲料，到了樓下，她立刻被那些花花綠綠的液體吸引住了。除了那些雪碧、可樂等尋常比較常見的飲料之外，其他飲料都是英文標注，向小葵覺得花兩百五十元來這裡喝可樂好像太虧了，於是大著膽子倒了一小杯的綠色液體喝了一口……

有點像蘋果的味道，酸酸甜甜的，餘味有點辛辣，但還可以接受。

「小綠！」向小葵拉過一旁的程綠，獻寶似的遞上自己的杯子，「很好喝耶！妳喝喝看。」

程綠喝了一點，也點點頭，隨意看了一眼標籤，雖然是英文，但都是很文藝的名字，根本看不出有什麼成分。

「可能是雞尾酒，就算是酒精濃度低，妳也少喝點。」程綠提醒。

向小葵純粹是好奇，從小到大她都沒喝過酒，更何況雞尾酒。主要平時也是沒什麼場合讓她能喝到這些，酒吧那種地方她是萬萬不敢去的。

兩人端著飲料回到包廂，唱到一半時又覺得有些餓了，想起自助吧那裡有各種食物，向小葵和程綠又去拿了些義大利麵。

玩到十一點，服務生送來帳單，四個人看到上面的五位數立刻被驚倒。

「我們只點了飲料，怎麼這麼貴！」

服務生說：「飲料是包含在兩百五十元之內的，隨便喝，不過自助餐就不是了。兩位剛才拿了四盤義大利麵，我們按照自助吧每人一千九百四十元的價格計算，加上包廂費、飲料費和服務費，一共是一萬四千四百四十元。」

「一千九百四十元？就算是去餐廳吃義大利麵都沒有這麼貴！」向小葵氣憤。

服務生聳聳肩，露出無能為力的表情，但看向她們的眼神卻又有點瞧不起的意思，似乎在說既然花不起就不要來。

擺明她們是被這家店坑了。

「怎麼辦？臨時湊也湊不到這麼多吧？」室友問。

程綠皺眉：「實在不行，我打電話給我爸好了，頂多被他罵一頓。」

程父家教很嚴，尤其她們跑到這種地方消費，還花了那麼多錢，程綠回到家肯定悲劇了。

向小葵想了一下，「這種事肯定不能告訴家裡。要不，我找我哥好了。」

程綠表示懷疑，問：「妳哥能立刻拿出這麼多錢嗎？」

向小葵哭喪著臉，「我也不知道啊！」

不管怎麼說，向一凡已經是她們現在唯一的救星了，剛拿出手機要打電話給向一凡，向小葵忽然看到一條厲清北稍早前發來的簡訊。

厲清北：考完試了嗎？

向小葵靈機一動，向一凡能不能指望得上還是未知數，但是蜀黍一定能來救她們的！

向小葵回：蜀黍，Help！/(ToT)/

注一：點蠟，或是在心中點蠟，為網路常見用語，指同情的意思，多為玩笑之意。

第十章

厲清北匆匆趕到的時候，一眼就看到坐在大廳裡的向小葵。

四個小女生圍坐在一起，彷彿做錯事一樣低著頭，誰也不敢出聲。旁邊站著兩個保全一樣的人物，表情嚴肅。厲清北眉宇間閃過一抹戾色，片刻後趨於平靜，然後才走到向小葵面前。

而向小葵實在是因為太緊張了，所以根本沒發現厲清北的到來，還是身邊的室友拍了拍她，小聲問：「小葵，這位是不是妳叫來的朋友？」

向小葵後知後覺的抬起頭，厲清北此時正居高臨下的望著她，在那一刻，向小葵的心裡卻遠遠沒看上去那麼平靜了，鼻子一酸，「蜀黍……」

厲清北見她如此，原本強壓下去的不悅迅速又翻騰起來，彎下腰將她從沙發上拉了起來，順手拎過她懷裡的書包，轉身問向一旁看守她們的保全說：「帶我去交錢。」

厲清北剛拉著向小葵走向收銀臺，謝慕堯也火急火燎的跑了過來，因為厲清北晚上有個宴會，喝了點酒，所以不能開車。

謝慕堯先去停車因此耽擱了一會兒，而這短短的幾分鐘，對他來說簡直度日如年，生怕程綠會在這裡受什麼委屈。不過還好，看到程綠好好的坐在那，只是臉色不佳，謝慕堯的心才放進了肚子裡。

厲清北刷過卡，一行人終於離開那家ＫＴＶ。

謝慕堯今天開的是厲清北的那輛越野車，明晃晃的就停在ＫＴＶ前門的停車場最前排。

「慕堯，你幫她們兩個同學叫輛車。」厲清北聲音偏冷。

謝慕堯點點頭，顯然他也正有此意。

「我……」

向小葵剛說一個字，就被厲清北的眼神殺了回去，連忙乖乖閉了嘴。

見向小葵很是安分，厲清北才轉身走到角落裡去打電話，通話維持了一分鐘。這時謝慕堯已經攔了一輛計程車，將兩個還驚魂未定的學生送上車，順便記下車牌號碼後，目送她們離去。

厲清北將手機揣回口袋，徑直上了車，坐進副駕駛座。

程綠知道謝慕堯是什麼意思，於是動也不動，「我不去你家。」

謝慕堯不意外，平靜的道：「可以，那我送妳回妳家。」

程綠當然是不能回家的，好不容易沒讓程父知道這件事，怎麼還讓自己往槍口上撞？

謝慕堯眼神堅定，顯然已經下定主意，程綠遲疑了一下，最後還是妥協，哼了一聲，傲嬌得跟孔雀似的坐上後座，留下謝慕堯在原地輕輕嘆氣。

向小葵和程綠比起來，真是特別讓人放心，自己主動跟在後面，乖乖的坐在程綠旁邊，小心翼翼的眼神一直偷瞄坐在副駕駛座上閉目養神的男人。

——蜀黍今天……有點可怕啊……TAT

很快，車子開進鼎盛世家，兩男兩女先後進了電梯，來到十六樓後，厲清北仍是一聲不吭的回到自己的公寓，謝慕堯則拎著不情不願的程綠回了自己家。

向小葵眼看偌大的走廊裡只剩下自己，有種風蕭蕭兮的淒涼感。

謝教授和程綠肯定有一大堆話要談，而蜀黍這邊……1608的門開啟著，顯然是為她留的門。

向小葵拖著沉重的步伐進了屋，客廳的沙發靠背上搭著蜀黍的西裝外套和領帶，卻不見人。

廚房的方向響起動靜，過一會兒，厲清北舉著一杯冰水出現。

「把水喝了。」

將杯子放在茶几上，玻璃與玻璃之間發出清脆的聲響，向小葵因此哆嗦了一下。

男人一個口令，向小葵就一個動作，也不管渴不渴，一杯冰水立刻見了底。

沉默在兩人之間蔓延，詭異的氣氛壓得向小葵喘不上氣來。

蜀黍是在生氣吧，畢竟都表現得這麼明顯了……可是他在氣什麼呢？她又真沒出什麼事。難道是因為氣她不該在這種情況下打擾他？怎麼說他們都非親非故的……

向小葵腦袋裡面都打結了，還是想不通厲清北在氣什麼。

這時，他也終於出聲：「為什麼要去那種地方？妳不知道那地方魚龍混雜，被騙錢還是輕的，妳們幾個不諳世事的女大學生跑過去就只有吃虧的分。」

厲清北質問她的語氣像是家長在數落不聽話的孩子，向小葵無法反駁，頭垂得更低。

「萬一遇到醉鬼呢？妳有沒有想過？妳一個女孩子勢單力薄，萬一又沒有人肯幫忙，到時候就真的求救無門了。」

向小葵的社會經驗幾乎為零，而厲清北也是太過急於讓她認清這個險惡的社會，說出口的這番話便讓向小葵開始害怕起來。

不知不覺，她眼眶就紅了，「我們……也是想要慶祝一下而已……」

本來是很值得開心的一天，卻被搞成這樣，向小葵也很難過。

厲清北再大的怒氣，在見到向小葵眼圈紅起來的那一刻，瞬間消失得無影無蹤。

「妳……」剛要開口，口袋裡的手機卻好巧不巧的響了起來，厲清北也知道這時候的自己情緒不穩，很容易嚇到她，於是放軟了語氣：「先去洗個澡吧，有什麼我們回頭再說。」

向小葵吸了吸鼻子，拿起自己的書包走進客房。

看她進了房間，男人才長長了舒了口氣，搖頭，然後接通電話。

「厲總，那個KTV我已經叫人查了。」

「嗯，怎麼樣？」

「的確有點後臺，否則不會在商業區那麼猖狂。不過厲總放心，我已經和上面交流了一下，待會兒就會進行突擊檢查，明天您等著看社會版頭條就好了。」

「這麼晚，辛苦了。」

「好說。」

將手機扔在沙發上，厲清北面向窗外的夜景，掐了掐眉心。

接到她求救簡訊的時候，他正在和某一家企業的老總暢談新專案合作的前景，看到「Help」那個字眼時，立刻就有些慌亂。就像他之前的感覺，她太笨，被賣掉了或許還會幫對方數錢，所以他才那麼擔心她出什麼意外。

因為在乎，所以才擔心；因為太擔心，所以才會生氣。

可她，也嚇壞了吧？

客房裡，洗過澡後的向小葵穿著睡衣，對著鏡子裡的自己發呆。

雖然蜀黍剛剛說她的時候，心裡會有點不舒服，但一想想覺得蜀黍說的也沒錯，更何況也是為她好。而且……

在自己最無助的時候，蜀黍沒有不管她，而是立刻出現在自己的面前，那一剎那，真的覺得整顆心都安定下來了。

出神間，房門響了起來。

「請進。」

厲清北手中拿著一杯溫好的牛奶，推開房門。

她的頭髮還是濕的，穿著有些寬大的睡衣，小臉粉撲撲，一雙大眼睛溜溜的望著他。

——真的是……跟小兔子似的。

「有助於睡眠的，喝完好好睡一覺。」一邊說著，厲清北的視線狀似不經意掃過她全身。

在向小葵聽來，厲清北的聲音已經趨於討好了，雖然男人可能沒有這個意思，但是真的很溫柔。

她接過，並沒有立刻喝，在心裡組織了一下語言，才抬頭認真的凝視他的眼睛說：「蜀黍，我知道今天是我做錯了。以後，我會小心的。」

厲清北靜靜的看了她一會兒，隨即露出一抹無可奈何又縱容的笑。

傻也有傻的好處不是嗎？

這麼聽話，真是討人喜歡。

厲清北忽然靠近，寬厚的手掌撫上她的長髮。向小葵身體僵硬到不行，強烈的男性氣息瞬間侵占了她周圍所有的空氣，腦袋好像變得更混沌了。/(T o T)/

寂靜中，響起他低啞的聲音：「出了事之後，妳第一個求助的人，是不是我？」

此時此刻，向小葵的思考能力只剩下百分之一，於是本能的回答他的問題，點了點頭。

「很好。」對於這個答案，厲清北很滿意，「妳有沒有想過，在最危險的時候妳沒有找妳的父母，沒有找妳哥哥，而是第一個想到了我，是不是證明我在妳的心裡是很特別的？」

特別的……有錢嗎？

向小葵一抬眼，立刻陷入厲清北深沉帶著淺淺笑意的黑眸之中。

於是，她又呆呆的點了點頭。

「那……」薄唇輕啟，男人的聲音被壓得更低，性感極了，「能不能讓我做妳的男朋友？」

誒？是不是她腦袋太多漿糊了？怎麼找不到之前的話題和男朋友之間有什麼關聯呢？@o@

不對不對，重點是……蜀黍要做她的男朋友？！

之前不捅破，只是想一點點的滲透她的生活，等她發現已經離不開他，那時候已經來不及反抗掙扎了。但厲清北直到今天才認識到自己這個計畫當中，存在非常致命的錯誤，就是向小葵在這方面實在後知後覺得可以。

如果他不說，等她自己發掘，也許要等到地老天荒。

而他所希望的地老天荒，可不是這一種形式上的。

向小葵已經呈現痴呆狀，粉色的小嘴半張著，眼神帶著不確定和滿滿的震驚，好似完全聽不懂他的語言一樣。

厲清北失笑，這麼浪漫的關頭，怎會讓他有一種正在摧殘國家幼苗的錯覺？

不過，這根幼苗的確需要他好好拔一拔了。

「蠢！」厲清北輕聲道，隨後，又好心的解釋一遍：「我在追妳，小傻瓜。」

向小葵完全沒任何反應。追她？還嫌她蠢？

這男人到底是要怎樣嘛！搞得她更迷糊了嗚嗚嗚嗚……

看她委屈又可憐的表情，厲清北的心裡驀地被牽扯了一下。

——心動的感覺，大抵就是這樣吧！

——很想抱著這個小傻瓜，跟她說，笨也沒關係，我聰明就好了。從今以後，有我保護妳。

厲清北眸光漸柔，彎下腰，沁涼的唇輕輕貼上她的額頭。

不過就在薄唇和她的額頭只剩下一個指尖的距離時，男人忽然一頓，眉頭輕蹙。

「喝酒了？」

從頭頂傳來異常清晰的聲音，瞬間拉回向小葵的理智，她第一時間被自己和蜀黍之間親密無間的距離驚倒了，也顧不得回答，嘰哩咕嚕的跑到床上，拉過被子，只留一雙眼睛，戒備而又有點害羞的望著他。

厲清北無奈，那個王子背向她表白，好像她也沒嚇成這樣吧？難道進度太快了？為避免將女主角嚇跑，厲清北覺得還是循序漸進的好。

「晚安，早點休息。」厲清北慵懶的一笑，轉身走出客房。手剛碰到門把，身後忽然傳來小小的聲音：「蜀黍。」

他腳步一停。

「今天的錢……我會還給你的。」

厲清北要說什麼，話到嘴邊還是吞了下去，點頭道：「好。」然後為她帶上房門。

她的想法一向簡單，借了錢就要還，和剛才他的話無關。

厲清北了解她，所以她覺得如何做才能安心，他便都應允。

房間裡趨於安靜，似乎只剩下怦怦不停的心跳聲，太不安分。向小葵的目光落在梳妝檯的那杯牛奶杯上。

所以說，蜀黍送來這杯牛奶，就是算定了她今晚會失眠嗎……

不過今天晚上還真是太心驚動魄了點……

當真是，羌笛何須怨楊柳，蜀黍表白嚇成狗。T_T

★　★※★※★※★　★

時間：早晨八點。

地點：1606 公寓的餐廳裡。

人物：向小葵，程綠；厲清北，謝慕堯。

氛圍：恐怖中外加有點小詭異。

一邊喝著粥，向小葵和對面的程綠無聲的用眼神進行交流。

顯然的，經過昨晚，程綠已經光榮敗北，謝慕堯掌握著她的把柄，不再擔心她能逃出自己的手掌心。而向小葵，昨天被蜀黍表白，搞得她現在還驚魂未定，從醒來到現在都不敢跟蜀黍說一句話。

至於身邊的兩個男人，正在對如何加大公司新項目的宣傳進行友好磋商，完全把她們兩個當成隱形人。

程綠忍了忍，又忍了忍，最終無須再忍，將湯匙重重放在餐桌上，「不吃了！」

從昨晚開始謝慕堯就是這種不冷不熱的態度，根本是在對她去那種地方進行懲罰，而程綠的性子是典型的吃軟不吃硬。

這時，謝慕堯收聲，轉過頭看向程綠，仍舊是很溫和的語氣：「吃飽了？」

「飽個……」以「P」音開頭的字還沒說出口，就被謝慕堯倏然一變的眼神堵了回去。悲催啊！才一個晚上而已，謝慕堯那傢伙就掌控絕對優勢，那氣勢完全力壓過她！

「哼！」程綠還是嘴硬，卻只能重新拿起湯匙很不情願的喝掉剩下的半碗粥。

坐在對面的向小葵目睹了全部過程，起先對程綠敢於反抗很是敬佩，到最後在心裡默默的為程綠點了一根蠟燭。收回目光時，餘光瞄到蜀黍似笑非笑的望著自己，向小葵立刻將臉埋進碗裡，簡直是乖極了。

厲清北滿意的點點頭，向小葵則在心裡為自己點了無數根蠟燭。

相比起程綠，自己的處境才更讓人擔心吧……

四個人各懷鬼胎的吃完早餐，向小葵正要跟著厲清北回去，忽然聽厲清北說：「待會兒就麻煩你送小葵回學校了。」

謝慕堯點頭，「反正也是順路。」

向小葵依舊沉默，心想：你們怎麼都不問一下當事人啊……

回到1608，向小葵終於忍不住問：「蜀黍，你不送我回學校嗎？」

厲清北驀地停下腳步，徐徐望向她的眼神劃過一抹危險的詭光，「妳很希望我送妳？」

——這是禮節問題好嗎！

不對，她什麼時候希望了……向小葵耳根有些臊紅，「只是問問而已啊！你送還是謝教授送，對我來說根本沒！差！」

「乖，我過會兒要出差，今天先讓慕堯送妳。」男人脣角微勾，安撫似的拍了拍她的頭頂，再逗下去的話估計要炸毛了呢。

出差？向小葵很想問些什麼，但一對上厲清北含著笑意的眼神，又立刻將話吞了下去。

哼，好像很關心他的行程一樣，現在可是蜀黍追她，她才不會主動去問呢！她是不會讓蜀黍那麼得意的！o(￣ヘ￣)o

「對了，期末考也考完了，下週別忘記去公司報到。」厲清北好心提醒。

「哼！」居然不自覺的交代行程？人家才不要理你呢！

厲清北忍住笑。

★　★※★※★※★　★

五天後，向小葵去公司報到。

第一天主要是辦入職手續，員工資料卡填表什麼的就花去向小葵一上午的時間。

到了下午，Linda針對公司規模結構和如何能更好的完成任務這兩項，格外耐心的對向小葵言傳身教了一番。然後，方經理又安排了一些很簡單的工作給她。

只是整理表格和建檔面試者的履歷資料，對於向小葵來說手到擒來，只花一個小時就結束了今天上面委派下來的任務。

眼看距離下班還有好一會兒，向小葵坐在自己的位置上發呆。

自從那天從厲清北的家離開，到現在也已經好多天了，而他一直到今天都沒有任何消息。

向小葵拉不下臉來發簡訊給他，可越是這樣就越惦念啊！這幾天不管是上學還是來公司，只要一空閒下來，滿腦子都是那晚蜀黍對她笑，告訴她他想做她男朋友的畫面！簡直跟魔咒一樣！

現在一聲不吭的消失好幾天，所以說，他根本就是在逗她嗎？！

唉，好煩啊……

向小葵無精打采的趴在桌子上，感覺幹什麼都提不起勁來。

「小葵，資料都建檔好了嗎？」

Linda的聲音自頭頂響起，向小葵一個激靈坐直身體，第一天就被人發現在偷懶究竟是想怎樣……

「我已經都弄好了，Linda姐。」

Linda點頭，微笑說：「那就好，一會兒妳收拾收拾提前下班吧。對了，把打卡單給我，到下班時間我幫妳打卡。」

「咦？我可以提前下班？」

「是啊，這是方經理的意思呢。」Linda想起什麼似的，啊了一聲，說：「明天BOSS一早就會來視察工作，妳別遲到了就行。」

向小葵問：「BOSS？」

「嗯，前幾天 BOSS 出差了，昨天才回來。每個月 BOSS 都會下樓來看看員工工作的情況，所以不用緊張，只要別遲到就 OK！」

「嗯嗯！」

向小葵一邊收拾自己的東西，一邊感慨自己的好運氣：這究竟是什麼樣的好運才能來這家公司上班啊！工資高，工作環境又好，周圍的同事給予的都是春風般的溫暖，而且第一天上班竟然還可以早退！蜀黍介紹的這家公司果然很可靠！

誒？怎麼又想起他來了？

那個負心漢！前一天才表完白，第二天就玩失蹤！簡直不能忍！

向小葵收拾東西的動作越發粗魯，整個人都如燃燒起來的小宇宙。

而她完全沒意識到負心漢的定義是什麼，首先，對方要先得到痴心女子的心啊……

晚上，謝慕堯端著臨時做的湯麵敲開了厲清北書房的大門。

前一天男人才回來，目前手頭上堆積了一大堆工作要過目，他已經連續在書房裡奮戰將近十個小時了。

「這幾天這麼忙，估計都顧不上你們家那朵小花了吧？怎麼，沒跟你抱怨？」將晚飯放在一邊，謝慕堯隨手從書架上拿起一本書來看。

你們家那朵小花？

厲清北倏地停下筆，玩味似的在心裡咀嚼這個名字，嗯，聽起來還挺帶感的。

「你家那位跟你抱怨了？」

「程綠？怎麼會？她只會甩冷臉給我看。」謝慕堯可憐道。

厲清北倒是絲毫不同情他，「就算是冷臉，我看你也挺樂在其中的。」

這倒是。謝慕堯苦笑。

「這幾天出差，還沒和她聯繫。」

謝慕堯詫異道：「一直沒聯繫？你可真放心啊。」

「我當然放心。」

厲清北語氣淡淡的，但那表情，就是讓謝慕堯覺得很……欠扁。

厲清北這麼做自然有他的用意，那丫頭雖然遲鈍，但究竟還是個小女孩。他在她的心裡扔下了一個小石頭，一時半會還不會那麼快趨於平靜。更何況以她的性格來看，他越是不出現，就越會她讓胡思亂想。

或許在這之前她從沒設想過和他在這方面會有什麼發展，而這幾天，也足夠讓她想明白的。

謝慕堯一看到厲清北的眼神中出現那種勢在必得的精明，心裡便開始為向小葵祈禱。

這兩人明顯不是同一個段位，厲清北的舉動就像巨鯨在蠶食一條美味的美人魚，起先不遠不近的出現，接著在最緊要關頭刷存在感，表明態度後又不清不楚的迴避著，把對方的生活攪得亂七八糟的。最後呢，當對方被搞得暈頭轉向的時候，他再以最光鮮的形象突然降臨，給予致命一擊！然後，這條小魚就當真成為他的囊中之物了。

嘖嘖，真是機關算盡呢！

無恥！謝慕堯心裡不屑的罵道。

★　★※★※★※★　★

兩個室友放暑假就回老家了，程綠其實也該回家住的，但是因為被謝慕堯強行留下來做他的幫手，製作學校招生的宣傳片，索性留下來就當陪向小葵了。

而向小葵的家在郊區，距離市中心和學校都太遠，為了上班方便，所以多交了暑期住宿費和水電費，仍是住在宿舍裡。

宿舍裡清靜極了，程綠還沒回來，向小葵無聊得發慌，登上好久沒上的語音聊天室。

團子大人第一眼就看到向小葵默默的爬了上來，喜道：「咦，稀客啊！花魁妳下班了？」

金剛喵喵也問：「今天不是第一天上班嗎？感覺怎麼樣？」

「還不錯啊，工作環境很棒，同事也都很棒！」向小葵老實答。

「花魁這真是走狗屎運了啊，暑期打工都能找到這麼好的工作。」團子大人感慨。

向小葵笑，的確，如果沒有……

呃，思緒到這裡的時候她一怔，連忙搖搖頭想驅散徘徊在腦中遲遲不肯離開的某個人，但終究還是沒有成功。

「我問妳們一個問題哦……」向小葵的聲音弱弱的。

「嗯哼？」

「那個……如果一個男生向妳表白了，妳還沒給對方答覆，他卻忽然消失了好幾天都沒有消息，這究竟是什麼意思呢？」她很苦惱啊！

「花魁又被人表白了？！」

「要不要這麼搶手！」

「男生帥不帥？低於一八〇的花魁妳千萬不要答應啊啊啊！」

團子大人的聲音洋溢著興奮之情，無聊時聽到別人的八卦簡直太值得開心了有木有！

向小葵囧了一下，這又和身高有什麼關係？

最後，還是壯士你好白最可靠，「好了好了，花魁說出來是為了讓我們幫她出謀劃策的，先不管男主角帥不帥，我覺得對方這樣的表現很好猜啊，肯定是在欲擒故縱！」

「欲擒故縱？」

「是啊！」

「不過還有一種可能。」團子大人也加入頭腦陣營當中，說：「男人的自尊都很強的，可能是看花魁沒有回答他，然後就退縮了也說不定，不過這麼容易就打退堂鼓，肯定喜歡得不深啦！」

向小葵分析了一下厲清北打退堂鼓的可能，眉尖一蹙，「我也沒拒絕他啊！」

「咦？」眾人立刻聽出有爆點，調笑道：「花魁這麼緊張幹嘛？莫不是也喜歡人家？嘿嘿～」

向小葵說完那句話就後悔了，果真弄了個大紅臉。幸好團子大人她們都看不到她，否則肯定又要鬧她了。

金剛喵喵八卦的問：「花魁，男豬腳帥不？高不？家裡做啥的？有錢沒？」

「挺帥的，小綠說最少有一八三。」向小葵提起厲清北，不知不覺連語氣都變得驕傲起來，「做什麼的不知道，但就是很厲害很厲害！」

「哇哦，花魁連聲調都春心蕩漾起來了哦～」

「滿滿的粉紅色泡泡是怎麼回事！」

「明顯是郎有情妹有意，還欲擒故縱什麼啊！」

「在一起～在一起～」

「妳們別亂開玩笑好不好啊……」向小葵簡直不敢看自己了，熱得臉頰都要冒煙了真是太可怕！

她才不承認自己是在害羞！

「好啦，不鬧妳了。不過我很好奇哎，小蘋果都見過，該不會是妳們學校的學長？總不會是上次隔壁學校的那個男神吧？」壯士你好白問。

「呃……其實妳們也知道他。就是那、個怪蜀黍……」

接著，一片寂靜。

一秒鐘後，爆發出團子大人的尖叫聲：「哇靠！極品啊！」

「有人魚線和六塊腹肌的暴發戶！」金剛喵喵也被驚了一下。

反倒是向小葵，被她們這麼一提，也記起自己和蜀黍第一次相遇時的場景。然後，臉上好不容易慢慢褪下去的溫度又上升了。

——蜀黍的腹肌什麼的……真是太誘人了！o(*///▽///*)q

「咦，畫風不太對啊！」壯士你好白忽然道：「花魁有新歡了，那我們陛下怎麼辦？嗚嗚嗚，愛妃要被人拐跑了，可憐的陛下！」

「悲催，剛和花魁配上ＣＰ就被情敵撬牆角了，這要粉絲怎麼活！」

「難道這個時候陛下還被蒙在鼓裡？帽子都綠油油的了～」

向小葵嘴角抽了抽：「這關陛下什麼事啦！」還綠帽子……

「當然關陛下的事啊！陛下可寵妳了，你們又住在同一個城市，我們都盼著妳和陛下能從二次元發展到三次元呢！」

「就是！」

「花魁，不如妳和陛下見面吧！」壯士你好白興沖沖的提議：「如果陛下比怪蜀黍好，妳就踹掉怪蜀黍，這樣多好，偶像發展成老公！」

此時，壯士你好白的腦海中已經上演了一齣偶像與小粉絲的愛情大戲向小葵已經懶得理會這幾個溫小花的CP粉了，又聊了幾句下了語音聊天室，退出時目光掃過溫不語暗著的頭像。

似乎，真的好久都沒和陛下聯繫了。

這個圈子裡分分合合的太多，有的人甚至不打一聲招呼就隱退了。對於二次元的朋友來說，這種情況都已經是家常便飯。有的聲優是因為畢業找到了工作，有的是有了家庭或者孩子，也有的是覺得沒什麼意思索性放棄。當三次元的生活越來越緊張充實，留給二次元的時間就越來越少。

才短短幾天，向小葵就覺得自己好像已經離這個圈子很遠，離溫不語很遠了。

用滑鼠點開陛下的聊天視窗，她想打聲招呼，卻忽然不知道該說些什麼了。她對著電腦發呆了好久，都沒有答案，反而眼前浮現出厲清北帥氣俊逸的臉。

完蛋了，蜀黍的欲擒故縱大法真的產生效果了嗎……\(ToT)/

★　★※★※★※★　★

因為滿腦子都是厲清北的一顰一笑（？），所以向小葵很順利的失眠了！

第二天頂著核桃大的黑眼圈起床，習慣性的去叫程綠，摸了半天才發現床鋪上沒人。向小葵睜開惺忪的睡眼，緩了一會兒，才記起來自己已經放假了啊！

而她上班要遲到了啊！

五分鐘洗漱，五分鐘穿衣奔出宿舍，乾脆捨棄貧民交通工具——公車，招了一輛計程車。向小葵坐在車上飆淚，真是佩服死自己了，第一天早退，第二天遲到，尤其還趕上大BOSS視察的時間啊啊！真是太慘烈了！

這期間，計程車司機不斷從後視鏡往後看，幾度欲言又止。

終於，計程車如同脫了韁的野馬狂奔到公司門口，向小葵付了錢準備下車。

這時，司機還是忍不住脫口勸道：「小姐啊，看開點吧。能隨便被牽走的狗都不是好畜生，不過來人家公司鬧畢竟影響也不好，別做傻事啊！」

向小葵被雷得一個沒防備，一腳踩空，撲通一下跪在路緣石上。

——大叔，你從哪看我像是來抓姦的了？不過你這嘴巴也太毒了點……

膝蓋破了皮，向小葵終於醒悟到今天諸事不宜，唸了一聲阿米豆腐，抓著包包一瘸一拐的往辦公室跑。

她剛走出電梯，就見到前方簡直人山人海，比百貨公司周年慶的人潮還多。

遠遠看去，就看到一個挺拔的男人被簇擁在中間，一旁的方經理笑盈盈的不知在說什麼，手上卻頻頻擦汗。

被罵了？

不過向小葵也顧不得那麼多，悄悄的從人縫裡穿梭過去，眼看自己的椅子正花枝招展的向自己揮手，勝利在望。身邊的人沒注意到她，忽然向後退了一步，向小葵被擠到一邊，方才受傷的膝蓋再一次受到桌子腿的照顧……

「嘶……」向小葵倒吸一口涼氣。

不過這還不是最悲催的，最悲催的是身邊這位同事意識到自己撞了人，忙轉過身來道歉：「啊呀，小葵，我沒看到妳，怎麼樣，沒事吧？」

同事聲音不大不小，但在這種非常時期足以吸引大BOSS的注意了。

方經理還怕她死得不夠透，故意似的，用很大的聲音說：「小葵妳終於來了啊，呵呵呵。」

向小葵已經要哭出來了。就是遲到而已啊，有必要搞得這麼轟動嗎……QAQ

「怎麼回事？」

死一般的寂靜當中，忽然插入一道極富磁性的男性嗓音，性感指數五顆星。

但是讓向小葵驚訝的並不是這個，而是這聲音怎、怎麼那麼熟悉？

她緩緩的抬起頭，一眼就看到人群中標誌一樣的人物。

厲清北穿著非常正式的西裝，神情嚴肅，四周圍滿一圈又一圈的公司高層或主管，但明明厲清北是當中最年輕的，可那氣場卻將所有人都輕而易舉的壓制下去，滿身的傲氣和凜然。

那一瞬間，向小葵想起了一個成語——熠熠生輝！

不過，蜀黍怎麼會在這裡？而且那架式跟 BOSS 視察一樣……

猛地，向小葵瞪大了眼睛。

厲清北清冷的目光迅速掃了一眼狼狽的向小葵，看到某一處時，眼中明顯閃過一絲異樣情緒。

「妳——」厲清北望著她，「跟我來一趟。」說罷，轉身丟下雲裡霧裡的眾人，走進了電梯。

向小葵還沒從震驚中緩過神來，電梯中的厲清北這時眉頭一緊，方經理像能讀心似的，連忙上前催促她：「還愣著幹什麼，厲總叫妳過去呢。」

「……哦。」向小葵呆呆的進了電梯。

厲清北身體前傾，按下了某一個樓層，直到電梯停了下來，他都沒開口說過一句話。

厲清北走出電梯後，秘書連忙站起來，「厲總。」

「嗯。」男人淡淡的應了一聲，走進了辦公室。

跟在身後的向小葵第一次來到這層所謂的公司命脈之所在，但眼下也實在沒心情欣賞了。

剛進入厲清北的辦公室，就聽到前方的男人說：「把門帶上。」

向小葵照做。

然後，偌大的辦公室裡只有他們兩個人。

背對著她的男人這時轉過身，慢悠悠的脫掉身上的西裝，走到略微拘謹的她的面前。他面無表情的凝視她許久，倏地，薄唇逸出一聲輕不可聞的嘆息。

「怎麼就……這麼不讓我放心呢？」他無可奈何的說。

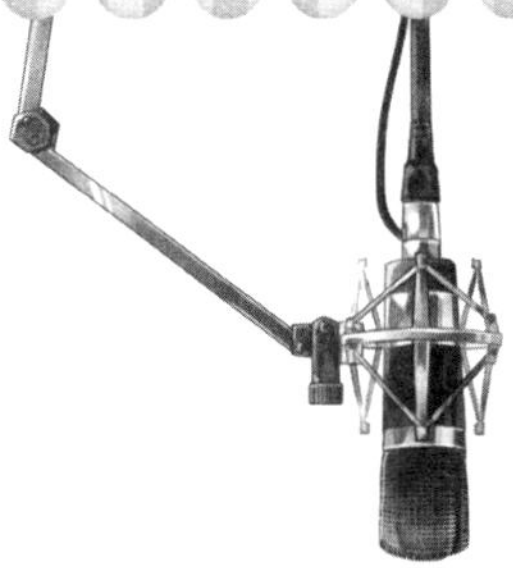

第十一章

向小葵不知道該怎麼回答厲清北的問題，或者應該說……她還沒從蜀黍就是BOSS的震驚中緩過神來。本來以為蜀黍只是有所耳聞這家公司有招聘的意向，所以才推薦她來，但沒想到，她竟然走了生平的第一次後門！

哎呀，她在說什麼……總之，就是暈乎乎的。@-@

厲清北看她呆頭呆腦的樣子直搖頭，抿脣走到旁邊的櫃子前，拿出救急用的醫藥箱。

這東西是回國後剛來上班時，秘書配給的，他碰都沒有碰過。這下倒好，有了向小葵之後，這東西恐怕時不時要拿出來曬一曬了。

將向小葵安置在沙發上，厲清北拿著醫藥箱坐在她對面的茶几上，語調偏冷：「把腿放上來。」

放上來？放哪？向小葵茫然。

厲清北無語，礙於她是傷者也懶得跟她計較，大手忽然握住向小葵纖細的腳踝，將她的兩條腿放在茶几上。此時，向小葵簡直沒辦法形容自己的心情，全身也跟屍體一樣僵到不行，被厲清北碰到的地方好像著了火，臉頰也滾燙滾燙。

她忽然糾結起一個問題——人體若是溫度過高，會不會自燃呢？

於是在接下來的幾分鐘時間裡，女主角的思路完全朝著另一個方向狂奔而去，難得把害羞這詞忘記了……

厲清北目測她膝蓋上的傷口，能傷到這地方，他大概也能想像到當時的場景，但還是問：「在哪摔的？」

聞聲，向小葵立刻清醒了幾分，答：「呃，公司門口的人行道上。」而且是以非常標準的五體投地的姿勢跪倒的。ORZ

厲清北已經不知道該怎麼「誇」她了，冷哼道：「走個路都能摔倒，妳是球嗎？」

這惡意滿滿的形容詞啊……

——你才是球！你全家都是球！o(￣ヘ￣)o

嘴上雖然這麼說，但他手下的動作卻很輕柔。

厲清北先用消毒水清理掉她傷口上的髒東西，目測不太嚴重，才用棉籤沾上消炎防感染的藥水，很溫柔的幫她擦拭破皮的地方。

男人微低著頭，背後是整扇的落地窗，璀璨明亮的光將他整個人包裹其中，模糊了深刻凌厲的稜角，蘊上一層厚厚的春光明媚。晶晶點點的光落在他的睫上，薄脣因為認真而微微淺抿著，挺直的鼻梁昭示著男人剛毅不服輸的性格，每一處經過晨光的度化，光影撩動，都能掀起她心中小小的巨浪。

這樣偷偷的安靜的望著他，好像，時間都在這一刻停了下來。

厲清北完成手上的事，抬頭，一瞬間便撞進她的目光裡。黑黑的眼睛一眨不眨的看著他，有迷茫、有沉淪，察覺到他也在望著自己，才後知後覺的紅了臉，躲避他的目光。

或許她只是意識到自己對他有好感，卻不知道這好感究竟強烈到哪種程度。但厲清北卻看得分明，他清楚的在她的眼神中看出那份難以言喻的喜歡。

女孩子的害羞，大多只有在面對喜歡的男人時，才會生出這一種情緒。

心中的某一根弦被輕輕的扯動，情生意動，厲清北緩緩欺身上去，低頭在她的額頭烙下一吻。

他的脣微涼，她的肌膚卻灼熱極了。

剎那間，她腦子裡像是有什麼炸開，空白一片，而心裡，卻砰砰砰的開出數朵美豔的小花。

「明天過來我再幫妳看看，今天不要碰水。」最後，厲清北含笑囑咐。

向小葵渾渾噩噩的走出厲清北的辦公室，完全忘記要質問他為什麼隱瞞是她頂頭上司的事。門口的秘書見到她滿臉桃紅，暈乎乎的，幾乎是飄到電梯那裡，也搖了搖頭。

厲家望名在外，厲清北又名高富帥，身後倒追的名門千金不計其數，始終沒見過他和哪一位來往過密。卻是沒想到，厲總口味奇特，喜歡的原來是這一款。

向小葵回到人資部自己的座位，心跳的節奏在離開某人的辦公室後，終於趨於正常。下意識用指尖輕輕碰觸額頭的某一處，好似被他親吻的感覺還在……

而那個場景，也跟循環播放似的一遍一遍在腦海裡回映。

哀號一聲，向小葵趴在桌子上，將臉埋進胳膊裡。

——老媽，妳這下該放心了！妳女兒終於在二十一歲的時候，開始思！春！了！

向小葵下班回到宿舍後，對自己和蜀黍的未來進行了更深一步的剖析。

那句老話說得對，知己知彼，才能百戰不殆。

學校有謝教授，公司有方經理。顯然的，蜀黍想要從各方面了解她，那真是手到擒來。可是問題在於她對蜀黍的認識，除了知道他的名字、住在哪之外，就連他在哪工作還是昨天才知曉的。

於是，向小葵決定要多方面打聽一下厲清北。

至於範圍嘛……小到他上幼稚園時偷偷親過幾個女同學，大到現在通訊錄裡有多少異性的電話號碼。必須要做到鉅細靡遺，面面俱到！

★　★※★※★※★　★

懷著上戰場一般只能贏不能輸的態度，向小葵難得比規定時間早二十分鐘來到公司。

Linda是秘書，每天都要提前半小時做準備工作，包括替方經理泡茶什麼的。想當然，Linda成為向小葵的第一個目標。

「Linda姐，聽說妳是咱們公司元老級人物了，那咱們公司的大小事妳一定都知道吧？」

Linda一面泡茶，一面驕傲的點頭：「咱們人資部當然要做到耳聽八方，眼觀六路。妳要是想知道什麼，找我打聽絕對沒錯。」

「那……」向小葵吞嚥了一口口水，問：「那妳對大BOSS知道多少？」

「厲總？」

「嗯嗯！」奏素他！

「妳向我打聽厲總？」Linda以一種十分奇怪的眼神看著她。

「呃，不行嗎？」向小葵被看得有些發毛，難道大BOSS的八卦不能八？

Linda想了一會兒，笑盈盈的道：「咱們厲總啊，可是很厲害的呢，他balabalabala……」

各種溢滿讚美的四字成語外加說明厲清北有多厲害而伴隨著的英文專有名詞，十分鐘後，向小葵聽得暈頭轉向。

Linda背書一樣的介紹完厲清北的光輝事蹟，向小葵這才腳底虛空的走回自己的座位。

向一個人資部職員打聽八卦真是可怕，向一個人資部的秘書打聽八卦更是可怕加恐怖啊！

一條一條的跟背履歷一樣，條理那麼分明幹什麼啊！她只想打聽厲清北的情史啊！情史啊！(╯`□´)╯┻━┻

好不容易熬到午休時間，向小葵接到了厲清北的電話。

看到來電顯示時，小心臟立刻不安分的撲騰了一下，但立刻被向小葵用武力壓制住，深呼吸幾次後，她才接通電話，聲音異常平穩：「喂？」

「來我辦公室，我看一下妳的傷口。」然後，乾淨俐落的掛掉了電話。

——哼，你叫我去我就去啊？

向小葵把手機放回口袋裡，踩著歡快的步伐上了樓。

秘書的位置是空的，應該是去吃飯了吧。向小葵直接敲了敲厲清北辦公室的門，片刻後，聽到裡面傳來低沉的男聲：「進來。」

向小葵推開門，男人從桌上的文件堆中抬起頭，望過來一眼，「來這邊。」

她沉吟了一秒鐘，走了過去。

厲清北看了一會兒，覺得傷口並不嚴重，也明顯好了一些，才點點頭說：「茶几上有藥，妳自己塗一塗，等我看完這份合約，就帶妳去吃飯。」

「哦。」向小葵往茶几那個方向走。

但走了幾步才意識到自己是不是太聽話了！還帶她去吃飯，可是她都還沒答應他要做他的女朋友呀！而且一消失就消失了這麼久，回來後竟然提都不提這件事……

向小葵轉身要問，卻看到厲清北已經全神貫注的投入工作當中，忍了忍，將滿腹的疑問吞回肚子裡，乖乖的上藥去了。

向小葵在傷口上塗塗抹抹，其餘時間都用來欣賞厲清北工作時的畫面了。

不得不說，蜀黍的臉還是很極品的。

尤其此時，男人認真而嚴肅的側顏被光描繪出一層淺淺的剪影，如同偶像劇裡的畫面。

向小葵感慨，美色啊美色！

厲清北一直努力忽視她的目光，但最終還是失敗了，輕嘆一聲，將文件夾闔上。一抬頭，便捕捉到她來不及收回的視線。

果然，工作的時候還是不能留她在這裡。

男人起身，從椅背上拿起自己的外套搭在手臂上，「走吧，去吃飯。」

兩人乘坐的電梯中途行至某一個樓層，電梯門打開，站在外面有說有笑的員工們看到站在裡面的人，原本都邁進來的一隻腳硬生生剎住車。

「厲、厲總。」一群人誠惶誠恐的叫道，然後一邊好奇的看向他身後的女孩子。

厲清北點了點頭，聲線清冷：「你們坐下一班吧。」

「是是是……」

厲清北根本沒等對方說完，就按下按鍵，電梯門再一次闔上。

向小葵在後面直搖頭，特權啊特權。

厲清北的車就停在地下一樓靠近電梯的位置，周圍沒有什麼車，一看就是高層的專屬停車位。

向小葵跟著上了車，剛坐穩，忽然一股熱源靠了過來，下意識的朝後靠向椅背，瞪大眼睛盯著無緣無故俯身過來的厲清北，眼前是越發靠近的俊顏……

腦海中浮現出昨天還稱不上限制級的畫面，向小葵的耳根瞬間通紅一片。

——蜀黍……該不會又要……

察覺到她的緊繃，厲清北眼中逸出一絲壞笑：「臉紅什麼?車門沒關緊知道嗎?」然後，骨節分明的大手越過她的身體，拉住車門的把手，一開一闔，動作一氣呵成。

向小葵別提多尷尬了，潮紅還未褪去，因為簡直太丟人了!腦補什麼的……真是害慘人啊!

關好車門後，厲清北坐回自己的位置。

他一遠離，空氣頓時變得新鮮了，那種壓迫感也緊隨而散，向小葵大大的舒了一口氣。不過，下一秒，涼涼的指尖挑起她的下巴，襲來的男性氣息比剛剛更加強烈。

向小葵正大驚之際，溫熱的唇含住她的唇。

「唔……」

被、被偷親了?!

向小葵瞪大眼睛，卻忘了要掙扎，那種心慌慌而又全身綿軟無力的感覺，她還是第一次嘗試。

燙人的唇含住她，原來男人的唇也能這麼柔軟……咦?

忽然向小葵渾身戰慄了一下，兩隻手終於放在他的胸口上抵抗，但那力道根本微不足道。

「嗚嗚嗚……」舌頭……出去……

不知道過了多久，厲清北這才好心放過她。

新鮮的空氣重新回到肺部，向小葵氣喘吁吁，那漂亮的粉紅色一直從臉頰蔓延到鎖骨下，更加隱秘的位置。

厲清北含笑，像欣賞自己的作品般望著害羞的向小葵，而後者則是十分憤慨的拋給他一個白眼。

向小葵決定今晚回去就要寫一篇文章，文章的題目就叫——

致我糊裡糊塗逝去的初吻。

由於很生氣莫名其妙丟掉了自己的初吻，吃飯時，向小葵完全將眼前的白飯當作了男主角，用筷子戳啊戳的，好好的一碗飯被她戳得千瘡百孔。

至於厲清北呢，甜頭嚐到了，自然要大方一點。將自己還未動過的米飯和她的交換，用些微沙啞還帶著淺笑的聲音道：「乖，別玩了，先吃飯。」

「哼！」

她原本是想學程綠的，但奈何傲嬌程度根本達不到程綠的境界，所以在對面的厲清北眼裡，這時候的向小葵簡直蠢萌蠢萌的，於是心裡更是歡喜了。

親過之後，好像彼此相處時的感覺都變得曖昧起來。

而且，她沒有厭惡他的碰觸，這就已經說明她在心裡其實已經開始接受他了。

厲清北心情特別的好，真是一刻都不想離開這朵小蠢花。

「這週我還要出差。」厲清北忽然說。

向小葵正和一顆丸子奮戰的手一頓，慢動作似的抬起頭來看他，又出差？

厲清北被她控訴的小眼神弄得忍俊不禁，「晚上回去整理一下證件，我叫秘書幫妳辦護照。」

「我也要去？」向小葵驚訝的指了指自己。

「於公，老闆帶員工出差應該沒什麼問題吧。於私呢，算是妳的暑期旅行。」

之前他還曾猶豫，想先問問她的意願。但他剛才說自己要出差時，她那可憐巴巴好像被拋棄一樣的委屈神情，讓厲清北瞬間就做了決定。

——帶她出去散散心也好，順便把名分也這麼定下來……嗯，就這麼辦！

★　★※★※★※★　★

向小葵還不知道厲清北的「邪惡」計畫，未來的幾天裡，一面期待著人生中的第一次出國，一面忐忑著未來要和蜀黍朝夕相處的日子。

護照很快就批了下來，直到坐上飛機，向小葵才有了一種真實感。

到了國外，人生地不熟的，好像只能依靠身邊的這個人了吧？

她側目看過去，厲清北似有所察覺，視線從手中的文件移落到她的臉上，好像只一眼就能看穿她的想法。

不管是緊張，還是恐懼……總之，都還有他。

「怕了？」厲清北眼底閃過一絲玩味的笑意，「放心，我總不會吃了妳。」

話音一落，男人的壞笑更加明顯，向小葵立刻想到那天車上的那個吻，臉一臊。

男人低低的笑出聲，聲音性感。

隔壁的同事聞聲，充滿驚奇的望過來，只見女孩子偏著頭若無其事的看向窗外，耳垂粉紅，而他們的 BOSS 則漸漸收斂住笑意，溫柔的目光停留在她的側顏，久久。

經過幾個小時的飛行，飛機終於降落地面。

他們的目的地是南亞一個國家中算是較發達的城市。機場有當地的負責人進行迎接，有的穿著西裝，有的穿著當地特色的服裝，讓向小葵覺得很新鮮。

對方將他們接到車上，然後開始和厲清北交談。

他們說的是英文，但是口音很重，十句話有八句話連她這個英語系高材生都聽不太懂。於是她轉過頭看向身邊的厲清北，本以為他應該也一知半解，卻見他輕輕點頭。等對方說完，厲清北才開口，向小葵立刻被驚到！

純正的英國腔啊！

他們上課學的都是美語，外籍老師也大多來自美國，英國籍的老師不多。

向小葵平時看電視劇的時候就喜歡看英劇，英劇的內容遠遠不及美劇豐富、劇情緊湊，但裡面的帥哥人人操著一口英式英語簡直性感到爆！

向小葵這個典型的聲控，在聽到厲清北純正的倫敦音時，徹底的淪陷了。

男人聲音渾厚低沉，十分適合英式英語這種有些古典傳統的發音，就好像沉浸了上百年的濃酒滑過喉嚨，不尖銳、不鋒利。

厲清北的聲線本就典雅別致，正宗的英語一經他口，立刻讓向小葵聯想到古代城堡裡穿著燕尾服從旋轉樓梯上緩步走來的英國紳士。

……這畫面感也太強烈了呀！

於是一路上，向小葵都呈現呆滯狀，用那種崇拜萬分的眼神盯著厲清北看。

每次厲清北開口和對方交流時，就能感覺到某一道異常灼烈的目光釘在自己的身上，簡直——讓人有點發毛。

當地的負責人為他們訂好了一家最好的五星級飯店，雖然向小葵覺得這種飯店在國內只是準四星級程度，但包吃包住對她來說已經很不錯啦，所以也就不挑了。反而是蜀黍，連家都是市裡最貴的社區，這種地方能住習慣嗎？

厲清北和同行的幾個同事簡單交代幾句，就先熟門熟路的帶著向小葵乘電梯上樓。路上，他交代她：「這裡環境不太好，所以餓了的話跟我說，不要隨便到外面買食物。明天有兩個工地要視察，妳先待在飯店，等我下午回來帶妳四處轉一轉。」

「我不能跟你一起去嗎？」

「工地那麼髒，妳能忍？而且，外面還很熱。」厲清北說得一點也不誇張。

可是，她又不是真的來旅行的。畢竟還有同事跟著一起來了，他們都去工作，她自己留在飯店吹冷氣睡覺，好像太過分了。

雖然有特權，但向小葵也不喜歡別人說閒話，而且厲清北都能忍受，她也一定可以忍受的！

「我要去！」此時，她的眼睛裡燃燒著熊熊烈火，小宇宙即將爆發！

「那明天可不許叫苦。」

「那不可能！」堅定握拳！

厲清北莞爾，真是太好玩了。

然後第二天，向小葵理所當然的……萎了。

真是太熱了啊啊啊啊！

她遙遙的望著走在一群人最中央的厲清北，崇拜之情有如滔滔江水。

蜀黍還穿著三件式西裝，怎麼就不熱呢！甚至連汗都不流下一滴，這不科學！

向小葵平時很少遇到這麼熱的天氣，走幾步就走不動了，眼看著厲清北他們還要上樓，因為大樓才剛剛蓋起三分之一，哪有什麼電梯，所以要上樓就得爬樓梯。

向小葵實在是沒有體力了，昨天自己說的話還言猶在耳，就算是爭口氣也不能退縮，但實在是熱得不行了……/(ToT)/

於是，她拿出手機發了封簡訊給厲清北。

她看到正在交談的厲清北這時拿出手機看了一下，隨即抬起頭，往她這個方向望過來。向小葵立刻朝他揮揮手。

很快，厲清北的簡訊就發過來了：找個涼快的地方等我。

向小葵發了一個笑臉給他，然後找一處陰涼的地方坐了下來。

因為溫度實在太高，空氣裡似乎都散發著一股酸腐的味道，聽說公司和這邊共同開發了幾個專案，蜀黍也不是第一次來這邊了，向小葵從來都不是嬌生慣養的大小姐，但也有些受不住這裡惡劣的條件，所以很奇怪蜀黍是怎麼忍受的，他那樣處處都要求精緻的人……

等了一會兒，只覺得越來越熱，向小葵手裡的水也喝光了。

正發愁之際，就聽到一陣匆匆的腳步聲，她抬起頭，看到一直跟在厲清北身邊的年輕男人朝她這裡走來。

「向小姐，厲總讓我拿冰水給您。」

「實在太謝謝了。」真是太及時了！

「還有這個……」年輕助理從一個袋子裡拿出一條很漂亮的紗巾，「厲總交代的，我在附近買了紗巾給您，質地不是最好的，但是遮陽效果還不錯。這邊太陽太烈，最好戴上這個，以免把您的皮膚曬壞了。」

向小葵接過那條淡粉色的紗巾，微怔，目光下意識的尋找厲清北的身影。

她腦海中突然浮現一句話──

妳的飢渴冷暖，都被另一個人細心的記掛著，仔細照料，好像再也沒有比這更讓人感動的事了。

向小葵發呆之際，厲清北已經結束工作，看著他出現在自己的視線範圍之內，甚至越來越近，一顆心都安定了下來。

她打算，待會兒一定要對他說一聲謝謝。

──謝謝你百忙之中，還惦記著我。

兩人此時只有幾步之遙的距離，向小葵也揚起笑臉迎接。

厲清北脣角欲勾，但不知看到了什麼，驀地臉色突變。

「小葵！」

向小葵只覺得一陣黑影襲來，速度快到她根本來不及反應。就在她閉上眼睛準備承受時，迅速被衝過來的人帶進懷裡。下一秒，一連串金屬物撞擊地面的巨響傳來！

鼻子撞到他的胸口有些疼，但還是聞到了讓她安心的熟悉氣息。預想的疼痛沒有襲來，反而是聽到了耳畔近在咫尺的咒罵聲：「What the hell are you doing!」

感受那人由於氣憤而胸膛震動，她也因為第一次見到他發飆而驚愕。

負責人連連賠不是，厲清北面色不善，也顧不上他們，低下頭審視懷裡被嚇壞的向小葵，擔心的問道：「有受傷嗎？」

向小葵有點驚魂未定，但一對上他擔憂的目光，立刻搖頭，「我沒事。」他鬆口氣，向小葵這才察覺到他身上的肌肉一直緊繃著。

這時，也因為工作人員的疏忽，差點被從卡車上滾落的鐵管砸到的助理回過神來，惴惴不安的問：「厲總，我們還是趕緊安排一下去醫院吧？」

向小葵茫然，順著助理的視線低下頭，這才看到厲清北的右手滲著血，短短幾分鐘就已經腫起來一大片！頓時，她倒吸一口冷氣。

「我沒事。」厲清北先低聲安慰她，然後才轉向助理吩咐：「準備車去最近的醫院，叫上一個當地人帶路。我和小葵一輛車，快去吧。」

助理立刻去執行命令，當地幾個專案的負責人這時急忙上前慰問，厲清北也無心應付，將囉哩八嗦的人直接丟給下屬，自己則拉著向小葵離開現場。

向小葵沒用上紗巾，反而讓厲清北用上了。

坐在車裡，她一路沉默，雖然告訴自己不要看，但還是偷偷盯著他包裹在紗巾裡的手。淡粉色和他搭配在一起，實在有些違和……

這畫面放在平時，向小葵一定會笑死，但現在一想到他受傷，就怎麼都笑不出來了，反而眼淚在眼眶裡打著轉。

她很想哭。

眼淚正泫泫欲墜，一隻手忽然蓋住她的眼睛。

「閉上眼睛休息一會兒吧，到了地方我叫妳。」耳邊響起厲清北低啞的聲音。

安靜了幾秒鐘，隨後聽到她小聲的嗯了一聲。

★　★※★※★※★　★

這邊的路況不太好，車子走走停停，一路顛簸。

終於，當地人將車子停在一家三層樓的醫院大門前，那人解釋說，這間是附近最大的醫院了，看病什麼的也有保障。

厲清北點點頭，一行人走了進去。

醫院裡比想像中擁擠，連走廊裡都坐滿了掛著點滴的病人，醫生穿梭在其中，忙得不可開交。

向小葵個頭不高，很容易被人群擠散，眼看又要被人撞到，一直走在前面的厲清北不知何時來到她身邊，用沒受傷的那隻手拉著她，巧妙的幫她躲過了人群。

他的手掌寬厚有力，手心有些微微的濕濡。向小葵仰起頭看著他，男人面無表情的望著前方，似乎牽著她的手是很輕鬆平常的一件事。

她咬唇，低下頭，輕輕回握住他的手。

此時，男人脣角不著痕跡的輕輕上揚起來。

當地人託了關係，很快就有醫生來為厲清北查看傷口。醫生剛準備解開纏繞在他手臂上的紗巾，厲清北突然抬頭，對站在門口向門裡張望的向小葵說：「跟 Jason 去外面等我。」

年輕的助理 Jason 立刻會意，也說：「向小姐，我們出去吧，別打擾醫生了。」

向小葵猶豫了一下，點點頭，跟著 Jason 出去了。

又過了十分鐘，那位帶路的當地人出來把 Jason 叫了過去。向小葵從未和他們交談過，所以他們可能覺得她英文不太好，就沒避著她。

連聽帶猜的，向小葵知道厲清北的傷並不嚴重，但也縫了幾針，好像還有輕微的骨折現象什麼的。怕會感染，所以醫生建議厲清北住院觀察一天。

當地人簡單解釋完，就帶著 Jason 去交費了，向小葵這才悄悄的推開病房的門。

厲清北坐在床邊，西裝外套隨意的扔在身旁，右手的襯衫袖子捲到了上手臂處，紗布一直從肘關節纏到虎口處，白色的袖口沾上了紅色的血跡，但是並不多。

縱然多狼狽，到底還是帥的。她如此想著。

「過來。」厲清北拍了拍身邊的位置。

向小葵回神，向前走了幾步，走到他面前。

厲清北這才從上到下認真的審視她一遍，除了臉色有點蒼白之外，狀態倒是還可以。

「早知道，就不帶妳來了。」他嘆了一聲。

向小葵知道，他說這話的意思並不是嫌她麻煩，而是心疼今天發生的事將她嚇壞了。

雖然此時她站立在他面前，但總是覺得即便蜀黍坐著，那氣勢也絲毫不減。

平視厲清北炯黑的眼睛，向小葵緊張得兩隻手掌裡滿滿都是汗，似乎還能感受到他方才牽著自己的那種感覺，好像將自己交給他，就會所向無敵，什麼都不會害怕。

「蜀黍……」向小葵遲疑著，輕聲道：「我想做你的女朋友。」

厲清北印象中的向小葵，總是迷迷糊糊、大大咧咧，臉上總是帶著笑。此刻她望著他，表情怯懦又有點小勇敢，眼神忐忑羞澀，又摻雜了些許的認真。

第一次看到這樣的她，厲清北也笑了。

男人薄唇掀動，誘惑似的，無聲的說了兩個字——過來。

向小葵心跳得很快，抬起腳的時候才意識到自己的身體有多僵硬。兩三步走到距離他很近的位置，似乎花費了太多力氣。

厲清北看著她蒙上一層粉紅的耳根，和一雙迷濛水漾的大眼睛，心中一動，雙手捧住她的臉，靠近，細膩灼熱的吻上她。輕輕將她的下唇含住，直到溫熱後才用舌輾轉撬開她的兩排牙齒，他的舌尖進入時她竟然在躲，心中在笑，但動作上卻輕而易舉的捲住她的小舌，細緻的舔弄。

向小葵的腿已經軟了，全身無力，只能靠在他的身上，只得兩隻手緊緊抓著他的襯衫。

就在她被厲清北吻得頭暈目眩的時候，男人忽然放開了她，向小葵沒有防備，重心不穩的後退了一步，滿眼迷茫的看向對面的男人，接著聽到了病房門被人推開。

「厲總，手續都辦好了。」Jason拿著一大堆單子走了進來。

厲清北悄悄朝她眨了一下眼睛，惹得她面上微紅，然後立刻又變作正經臉，對Jason說：「告訴剛才的醫生，我不住院，這裡亂哄哄，我無法好好休息。」

Jason勸了幾句，勸不動，乖乖領命去也。

病房裡又剩下他們兩個人了，那種寂靜讓向小葵不敢抬起頭來，只是盯著他胸口的某一處，目不轉睛。

「好。」忽然，男人帶著笑意的聲音飄了過來，絲絲沙啞。

向小葵沒反應過來，疑惑的抬起頭來看他。厲清北見狀，輕嘆一聲，好心解釋：「妳剛剛說想做我的女朋友，我說好。」

「……哦。」她呆呆點頭。

「就只有『哦』？」男人似笑非笑，挑眉道。

「還有……」她指了指她之前一直盯著的地方，「我回去幫你洗襯衫吧！」

厲清北覺得奇怪，一低頭，赫然見到自己的白襯衫上，在胸前的位置印著兩個醒目的黑色爪子印……

是她剛剛用出了汗的小髒手去抓的。(￣_￣|||)

好像表白了之後，兩個人在一起時的感覺都變得不一樣了。

向小葵一邊任勞任怨的洗襯衫，一邊心裡默默想著。

比如剛剛在回程的車上，兩人並排坐在後座，蜀黍的手就一直牽著她的手。還有上樓的時候，在電梯裡，蜀黍還偷偷親了一下她的額頭……

怎麼辦，好害羞～ o(*////▽////*)q

想著想著，向小葵忽然意識到一個問題：究竟是蜀黍追她，還是她追蜀黍啊？！

雖然是蜀黍先表白的，可他們是在她今天表白之後才在一起的，這到底該怎麼算？(⊙o⊙)

不過無所謂啦！如果別人問起，就一定要說是蜀黍追她，而且表白的人也是蜀黍！

「嗯，就這麼定了，待會兒要去跟蜀黍串一下供！」

迅速洗完襯衫、晾好，向小葵就跑去書房。

厲清北已經換上另一套衣服，顏色很淺的休閒裝，襯得男人有些身高馬大的，和之前一身西裝革履帶給人的感覺不同，變得柔和許多，那種高不可攀的架子也少了一些。他此時坐在電腦前面，用一隻手打字，動作緩慢。

聽到匆匆的腳步聲就知道是誰來了，厲清北抬頭，平靜的對著門口的人說：「我先忙一會兒，妳自己去玩。如果想上網，我臥室裡還有一臺電腦。」

一聽他這麼說，向小葵立刻收回已經邁進書房的一隻腳。

「哦。」

她噘著嘴巴轉過身，無限怨念啊！

才剛正式確立關係不到一個小時啊！激情就退卻了嗎？難道不該膩在一起你儂我儂一會兒嗎！這轉變真是太大了！果然容易到手的女人，男人都不珍惜嗚嗚嗚～

向小葵反正也無聊，索性去他的臥室找電腦玩。

剛一進臥室，她就看到床上鋪著一件漂亮的衣服。

向小葵的注意力立刻被那衣服吸引，她拿起來仔細研究了一下，才發現這是這裡極富傳統民族風格的「紗麗」，之前她曾在電視裡見到當地的女子穿過，覺得很豔麗，卻好像都不如手上這一件；這件紗麗的顏色雖然清淡，但繁複的花紋和裝飾在上面的小飾品都精緻得讓人愛不釋手。

「喜歡嗎？」

聞聲，向小葵拿著衣服轉身看過去，厲清北靠在門邊，胸前吊著受傷的手臂，含笑望著她。

她還沒出聲，他緩步靠近她，又說：「稍早前讓 Jason 去買的，本來是想在離開的前一天當作禮物送給妳的。不過，我有些忍不住了。」

厲清北微微彎下身，用那雙幽邃的黑眸勾引她，「我想看妳穿上它的樣子。」

兩人距離太近，她甚至能清晰的聞到他剛剛洗過澡清爽的味道。

臉熱得不行，小心臟也有點承受不了，於是她很沒出息的抱著那件紗麗逃到了浴室裡，然後坐在馬桶上，獨自對著那件紗麗欲哭無淚。

誰來告訴她這東西該怎麼穿啊……(TOT)

幸好厲清北叫人買的不是那種又繁瑣又特別長的紗麗，向小葵簡單的研究了一會兒，終於找到穿紗麗的小竅門和順序。

對著鏡子深呼吸，做了好一會兒的心理準備，向小葵打開了浴室的門，一步一步走向厲清北。

面對正欣賞自己的厲清北，向小葵有點小侷促。雖然很喜歡這種衣服，也不介意試穿一下，但總怕自己這個外國人穿起別國的民族服飾會顯得不倫不類。

更重要的是，這件紗麗是露腰的啊！

她還是第一次暴露這個部位給一個異性看呢……

高䠷的女人穿紗麗會盡顯風情，不過沒想到向小葵瘦瘦小小的，穿上這種衣服也別有一番味道。她的皮膚很白，來這邊曬了一天除了有點紅之外，沒有任何改變。淡青色的紗麗包裹在身上，襯著那上面小小的水晶裝飾，毫無違和感，而向小葵的眼睛烏黑光亮，倒是有點像當地人的感覺。

厲清北欣賞了好一會兒，然後滿意的點頭，目光隨後落在她裸露出來的腰間，「小肚子看起來還滿軟的。」

向小葵：「……」

——你想說有肉就直說唄！o(￣へ￣)o

學著這邊女人穿衣的方式，將紗麗長長的一角搭在一邊的肩膀上，向小葵就被厲清北領到樓下吃飯去了。

一路上引來無數好奇目光，向小葵窘極了，難道她穿這個就真的那麼奇怪？

剛坐下來點好餐，幾個前來用餐的同事立刻注意到他們，先是問候了一下厲清北的傷勢，隨後便將注意力放在一邊拚命掩飾存在感的向小葵身上。

「呀！向小葵穿紗麗好漂亮啊！」

「是啊是啊！皮膚這麼好，穿這種衣服簡直太般配了。」

「看來我也要買一套帶回去給我老婆，不過我老婆肯定穿不出向小姐這種感覺。」

「那是肯定的啊！你老婆哪有向小姐這麼可愛？」

向小葵被誇得有點茫茫然，然後她看向對面的厲清北，誰知男人此時嘴角輕揚，下巴線條柔和，渾身上下散發出的訊息就是——我心情很好！

同事也感覺出來了，似受到了厲清北無聲的鼓勵，因此誇向小葵誇得更厲害了。

好不容易送走了那幾位同事，向小葵擦了擦汗，問：「我穿這個真的有那麼好看？」

厲清北端著咖啡杯的手一停，隨意掃了一眼她全身，淡淡的口吻，解釋道：「他們不是在誇妳，他們是在誇我的女朋友。」

「呃，有什麼區別嗎？」

向小葵大霧，厲清北則搖搖頭，一副她沒救了的無力感。

向小葵想了好久，快吃完飯才終於想明白。

下午厲清北英雄救美時的表現，那些人精都看在眼裡，肯定已經看出厲清北和她的關係不同尋常。雖然，那個時候他們還是清白的……啊，不！現在他們也是清白的！

不過，那些人肯定覺得他們已經不清白了……

所以，難得有機會找到下手拍老闆馬屁的機會，他們怎麼會輕易放過呢？

原來真的不是她太美，而是她的男朋友地位太高，那些人誇她是假，哄厲清北高興是真。

透過這件事，向小葵越發覺得這個社會太黑暗了，已經完全不適合她這種善良單純的人生存了！

她要回火星，嗚嗚嗚～～TAT

最讓人失望的是，連蜀黍都不肯誇她一句，向小葵遭受到了前所未有的打擊。

她渾渾噩噩的回到飯店房間，剛拿出房卡要刷，忽然，手腕被人從身後抓住。

「幹嘛？」她回頭問。

「妳幹嘛？」他反問。

「回房間啊。」

厲清北沉吟了一會兒，蹙眉：「待會兒我叫 Jason 把這間房退了，妳先收拾行李，去我那裡。」

「啊？為什麼啊？」

厲清北武斷的道：「節約公司成本。」

向小葵：「……」

浴室裡傳來嘩啦啦的水聲，厲清北在洗澡，向小葵憤憤不平的用厲清北的筆記型電腦上網，登入自己的通訊軟體帳號後，馬上進群組裡抱怨。

花小葵：怪蜀黍沒人性！

團子大人：怎麼了？吵架了？

壯士你好白：不是跟著蜀黍大人出差了嗎？

花小葵：嗚嗚，穿了件新衣服都不誇我，還不給我單獨的房間住！小氣鬼！

金剛蘿莉小喵喵：……

蘋果綠：那妳現在在哪？

花小葵：當然在蜀黍的房間啊。

團子大人：！！！

壯士你好白：！！！！！

金剛蘿莉小喵喵：這麼快就同！居！了！

花小葵：……

真的誒，她竟然沒想到這一點！她和蜀黍今晚要睡同一個房間！

過一會兒，程綠在群組裡發來一組數字：100

向小葵莫名：什麼東東？

蘋果綠：你們那裡的報警電話，他要是對妳圖謀不軌，就打這個電話。

花小葵：……

團子大人：小綠真絕！

壯士你好白：花魁不對蜀黍有啥圖謀就不錯了，畢竟身材和臉蛋都那麼好……（口水）

金剛蘿莉小喵喵：花魁請放心大膽的撲倒蜀黍吧，直播的話我們也不介意。（口水）

花小葵：……大大，群組裡有未成年啊！

看著電腦螢幕，向小葵臉紅了，因為腦袋裡浮現出一幅十八禁的畫面。

「在玩什麼？」

突然響起的聲音，嚇了向小葵一跳，第一反應就是心虛的扣上筆電螢幕，以免被蜀黍看到，誤會她好像很想撲倒他似的……

一抬頭，向小葵立刻感覺血液往頭頂上湧。

「你你你……」又不穿衣服！

向小葵伸出手指指責厲清北，只不過那手抖得跟帕金森患者一樣。

「我怎麼了？」厲清北壞壞一笑，甚至還上前一步靠了過來。

男人身上充滿了沐浴後的清香，味道淡淡的，但足以讓向小葵心跳加速了。雖然之前就見過厲清北裸著上半身的樣子，但此時此刻又看一次，也足夠讓她把持不住了，真是太極品了好嘛！

厲清北只套了一條休閒長褲，精短俐落的頭髮還滴著水，有幾根髮尾垂落在額頭前，剔透的水珠順著髮絲一路從他的頸部滑下，途經結實肌理分明的上半身，最終緩慢隱沒於更加曖昧的地方。

向小葵之前在社群網站上看到某個站主發起的話題，問女人覺得男性身體哪個部位最性感，當時得票率最高的便是腹肌和人魚線，而這兩個，蜀黍都有啊啊啊……

厲清北俯身，向小葵下意識向後靠了靠，他頭髮上的水珠甚至滴在她的脣上，頓時，向小葵似乎感覺到面部有幾根血管砰砰砰的爆裂開了……

男人故意一般，越靠越近，忽然，就見她死死的閉著眼睛，嘴裡唸唸有詞不知在唸著什麼。

挑眉，他問：「妳在幹嘛？」

「唸經。」

「唸經？」厲清北一愣。

向小葵完全不管他，紅著臉逕自小聲叨唸著：「舍利子，色不異空，空不異色，色即是空，空即是色……」

厲清北聽清楚她在說什麼時，臉上的表情別提多複雜了。

——這丫頭，根本是來搞笑的。

厲清北終於忍不住笑出聲，跟她在一起好像無時無刻都會被她的蠢樣弄得哭笑不得。他伸出手揉了揉她亂糟糟的長髮，「傻丫頭，快去洗澡吧。」

男人話中本沒別的意思，但奈何向小葵這時思想不太純真，立刻聯想到小說裡的情節——男女豬洗完澡，通常馬上就要做十八禁的事了啊！

天啊！一想到那畫面就好……

有點淡淡的期待是怎麼回事？＝＝

向小葵在浴室裡磨蹭了好久，小臉都被蒸氣熏得紅撲撲的。

不過幸好，急智如她，洗澡之前還不忘記把手機帶進浴室。

於是，這個時候便成了向小葵的求助時間，她連忙發訊息給程綠。當然，不打電話是因為國際長途比較貴。

向小葵簡單的闡述一遍自己和厲清北是如何確定關係的，而自己又為何躲在浴室裡不敢出去的。

很快，程綠就回訊了。

程綠：竟然這麼快就把妳搞定了！妳還有沒有點節操了！

面對美色，節操早就掉光了啊……但向小葵不敢這樣回程綠，就哭訴了一下此時的困境。

過了一會兒，程綠回：放心，面對妳，恐怕他一時半會還下不了口。

向小葵鬆了口氣，但下一秒又覺得不對勁。

這邊窩在沙發裡的程綠看到向小葵發給她：什麼意思啊！難道我就長得這麼難以下嚥啊！

程綠忍俊不禁，幾乎能想像到向小葵躲在浴室裡氣急敗壞的樣子。

其實，發那句話並不是敷衍向小葵，而是她不管是從平時的接觸中，抑或是聽謝慕堯的轉述，都覺得厲清北並不是那種隨隨便便就把女孩子往床上帶的男人。再說，以他的條件，恐怕都是那些女人擠破頭想跟他扯上關係呢。

謝慕堯說，厲清北對女人很挑的，那種在所有男人眼中看來都是滿分的女人，站在他面前，他通常都是不屑一顧的，也從不肯花心思在不相干的異性身上。對於作為商人的厲清北來說，他所做的投資一定要得到雙倍甚至以上的利益才划算。

而在向小葵這裡，他已經破太多例。

她恐怕是這個精明的男人第一項算計至今，卻連成本都還沒收回的投資了。

向小葵覺得，一直躲在浴室裡也不是辦法，總歸他們是男女朋友，卿卿我我啥米的也屬正常。而且據她觀察，蜀黍為人還算（？）正直，應該不會有太逾越的舉動。

在因為缺氧而昏倒之前，向小葵終於肯從浴室裡出來了，先小心翼翼的把頭從浴室探出來，沒在臥室見到男人的背影，暗暗鬆了口氣，然後又輕手輕腳的走向客廳。

她剛走到玄關處，就聽到拉抽屜的動靜，厲清北背對著她，不知道在找什麼。

向小葵覺得奇怪，問：「蜀黍，你在找什麼？」

厲清北沙啞的開口：「醫院開的藥放在哪裡了？」

藥？向小葵下意識看向自己放在沙發上的包包，厲清北意會，將裝藥的塑膠袋拿了出來。

向小葵這時才注意到厲清北的臉色不太好，急急的走過去，剛才的胡思亂想早就都忘了，小手探向男人的額頭。

有點燙。

「是不是感染了？」

厲清北從醫院回來，就不聽勸的洗了個澡，說身上都是味道受不了。向小葵折騰一天也出了不少汗，很理解那種感覺，所以就囑咐他幾句傷口不要碰水什麼的。

不過現在看來，他之前洗澡時肯定沒太注意到傷口，所以現在才會發燒。

「我打電話給 Jason，我們馬上去醫院。」一想到有可能是感染，就很自然聯想到更加嚴重的畫面，向小葵只覺得心裡一抽一抽的難受，很害怕他會出什麼事。

剛轉身還來不及抬腳，就被男人從背後拉住了，他的手心比額頭的溫度還要稍高一些，向小葵只覺得手腕被他握住的地方很燙很燙。

「我沒事，休息一晚就會好。」

「可萬一傷口感染了呢？」她很堅持的望著他。

「唔，應該不會那麼倒楣吧……」看她不贊同的眼神，男人立刻將話鋒一轉：「這樣吧，如果明天還不好的話，我就去醫院，OK？」

向小葵不說話，真的是很擔心他啊，感染這種事又不是小感冒。

「拜託，那種環境的醫院，就算我沒病，待一晚也會生病的。」男人做出求饒的表情。

向小葵明顯有點鬆動了。

男人見此再接再厲，上前一步忽然一手攬過她的腰，深邃漆黑的眸直直望進她的眼裡，可憐兮兮的神情說：「Just one night, please～～」

向小葵：「……」

厲清北真的很了解她最受不了什麼，一個是他的純正英語，一個是他刻意變得很性感的嗓音。還有一個，就是平時異常正經清冷的男人，忽然跟她撒嬌。

「好吧，就一晚，如果再不好，就一定要去醫院。」最終，她還是妥協了。

厲清北面上一喜，低下頭輕啄了一下她的唇，彎彎著黑眸說：「Sweet。」

他是說她的唇嗎？

向小葵耳朵一紅。

替他找出要吃的藥，向小葵就去廚房倒水了，厲清北含笑的目光一直追隨著她忙碌的背影。

其實，厲清北不想做的事，只要一句話，便沒人能勉強他。

只不過，他很享受看到她替他擔心、被他迷惑、為他妥協時的樣子。

那種感覺，令他上癮。

《我的聲優王子～Love恋～01》完

敬請期待《我的聲優王子～Love恋～02》精采完結篇！

小說
novel
M.貓子
illust
麻先みち
我家門前有狐仙
SUNG YA NOTE
VOL.1
松雅記事
繼《侵略地球手冊》、《泰利耶之戰》、《空氣戀人》後，
M.貓子最新力作，
搭配PIXIV知名人氣繪師麻先みち
人類與狐仙纏綿悱惻的愛戀……
——不、不對！是人類被狐仙拐騙當助手當男傭當飼主啊啊啊！（╬￣皿￣）
典藏閣
華文聯合出版平台
www.book4u.com.tw
采舍國際
www.silkbook.com
不思議工作室_
立即搜尋
版權所有© Copyright 2014

飛小說系列118

我的聲優王子～Love恋～01

出版者■典藏閣
作　者■墨子都
繪　者■jond-D
總編輯■歐綾纖
企劃主編■PanPan
製作團隊■不思議工作室

郵撥帳號■50017206 采舍國際有限公司（郵撥購買，請另付一成郵資）
台灣出版中心■新北市中和區中山路2段366巷10號10樓
電　話■(02) 2248-7896　傳　真■(02) 2248-7758
物流中心■新北市中和區中山路2段366巷10號3樓
電　話■(02) 8245-8786　傳　真■(02) 8245-8718
ISBN■978-986-271-577-2
出版日期■2019年1月八刷

全球華文國際市場總代理／采舍國際
地　址■新北市中和區中山路2段366巷10號3樓
電　話■(02) 8245-8786　傳　真■(02) 8245-8718

新絲路網路書店
地　址■新北市中和區中山路2段366巷10號10樓
網　址■www.silkbook.com
電　話■(02) 8245-9896
傳　真■(02) 8245-8819

☞您在什麼地方購買本書？☜

1. 便利商店（ ________市／縣）：☐7-11　☐全家　☐萊爾富　☐其他________

2. 網路書店：☐新絲路　☐博客來　☐金石堂　☐其他________

3. 書店（ ________市／縣）：☐金石堂　☐誠品　☐安利美特animate　☐其他________

姓名：________地址：________

聯絡電話：________　電子郵箱：________

您的性別：☐男　☐女　　您的生日：西元________年________月________日

（請務必填妥基本資料，以利贈品寄送）

您的職業：☐上班族　☐學生　☐服務業　☐軍警公教　☐資訊業　☐娛樂相關產業　☐自由業　☐其他________

您的學歷：☐高中（含高中以下）　☐專科、大學　☐研究所以上

☞購買前☜

您從何處得知本書：☐逛書店　☐網路廣告（網站：________）　☐親友介紹
（可複選）　☐出版書訊　☐銷售人員推薦　☐其他________

本書吸引您的原因：☐書名很好　☐封面精美　☐書腰文字　☐封底文字　☐欣賞作家
（可複選）　☐喜歡畫家　☐價格合理　☐題材有趣　☐廣告印象深刻
☐其他________

☞購買後☜

您滿意的部份：☐書名　☐封面　☐故事內容　☐版面編排　☐價格　☐贈品
（可複選）　☐其他

不滿意的部份：☐書名　☐封面　☐故事內容　☐版面編排　☐價格　☐贈品
（可複選）　☐其他

您對本書以及典藏閣的建議________

____

____

✌未來您是否願意收到相關書訊？☐是　☐否

✎感謝您寶貴的意見✎

印刷品

$3.5
請貼
3.5元
郵票
不思議信箱
FUSIGI POST

235 新北市中和區中山路二段366巷10號10樓

華文網出版集團　收

（典藏閣－不思議工作室）

NOVEL 墨子都　ILLUST jond-D

我的聲優王子 ~Love恋~ 01